《中国家庭基本藏书》

新闻出版总署优秀畅销书奖
全国优秀古籍图书普及读物奖
第十七届山西省优秀图书一等奖
第二届山西出版政府奖
山西出版集团2008年度十种好书

全套藏书累计销售500万册

中国家庭基本藏书（修订版）

诸子百家卷　《诗经》《楚辞》《论语·大学·中庸》《孟子》《老子》《庄子》《荀子》《韩非子》《孙子兵法·尉缭子·鬼谷子》《墨子》《周易》《山海经》《吕氏春秋》《三十六计》

名家选集卷　《三曹诗集》《陶渊明集》《王勃集》《孟浩然集》《高适集》《王维集》《李白集》《杜甫集》《岑参集》《韩愈集》《白居易集》《刘禹锡集》《柳宗元集》《元稹集》《李贺集》《杜牧集》《李商隐集》《李煜集》《柳永集》《欧阳修集》《王安石集》《苏轼集》《黄庭坚集》《秦观集》《周邦彦集》《李清照集》《陆游集》《范成大集》《杨万里集》《辛弃疾集》《姜夔集》《元好问集》《文天祥集》《唐伯虎集》《李贽集》《三袁集》《张岱集》《傅山集》《纳兰性德集》《郑板桥集》《袁枚集》《龚自珍集》

史著选集卷　《左传》《国语》《战国策》《史记》《汉书》《后汉书》《三国志》《资治通鉴》

综合选集卷　《唐诗三百首》《宋词三百首》《元曲三百首》《千家诗》《古文观止》《汉魏六朝小赋骈文选》《唐宋八大家文选》《明清小品文选》

笔记杂著卷　《蒙学六种——三字经·百家姓·千字文·增广贤文·幼学琼林·格言联璧》《颜氏家训·朱子家训》《世说新语》《曾国藩家书》《金刚经·坛经》《菜根谭·小窗幽记·幽梦影》《浮生六记》《闲情偶寄》《近思录》《徐霞客游记》《古代书信精选》

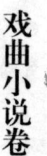

戏曲小说卷　《元杂剧精选》《西厢记》《牡丹亭》《长生殿》《桃花扇》《今古奇观》《三国演义》《水浒传》《西游记》《红楼梦》《聊斋志异》《儒林外史》《封神演义》《话本小说选》《文言小说选》

高适集

[唐] 高 适 著 阮堂明 解评

中国家庭基本藏书 名家选集卷

山西出版集团
三晋出版社

博学工作室

智慧之府 经验之谈 可读可藏 为鉴为引

九五四月姚奠中

· 山西大学教授姚奠中先生为《中国家庭基本藏书》题词

前言

高适（702?—765）是唐代的著名诗人，尤其以边塞诗著称，他与岑参堪称为唐代边塞诗人的代表，二人历来被并称为"高岑"。

高、岑所生活的盛唐时代，正值唐王朝国力强盛的时候，当时统治者为开拓疆土，不断地在周边发动对异族的战争，周边文化落后的异族部落也时常侵扰唐朝边境。正因为如此，以边塞为题材的诗在当时极为盛行，涌现出一批因创作边塞诗而著称的诗人。这些人大多有过从军边塞的实际经验，亲身经历甚至参与过边塞的战争。这种军旅生涯，不仅丰富了他们的人生经验，更扩展了他们的眼界，开阔了他们的胸怀，使他们不像一般文士那样沉吟于自我的情感世界里，而是培养出了宏阔壮大、磊落坦荡的心胸，从而开辟出我国古代诗歌气吞山河、雄伟壮丽的境界。像"青海长云暗雪山，孤城遥望玉门关。黄沙百战穿金甲，不斩楼兰终不还"（王昌龄《从军行七首》其四）、"葡萄美酒夜光杯，欲饮琵琶马上催。醉卧沙场君莫笑，古来征战几人回"(王翰《凉州词》)等等诗篇，不仅描绘出一幅无与伦比的雄奇壮大之境，更表现了一种热情奔放、豪迈洒脱的精神。即便是在今日，我们读这些诗时，也同样能够强烈地感受到其中所奔涌的壮大的情思及其力量，从而受到强烈的震撼与感染！高适就是这些诗人的杰出代表。在他的诗里，边塞诗所展示的崇高与雄伟、浑厚与深沉、豪放与飘逸、奇异与绚丽，更是被发挥到了极致。

众所周知，我国古典诗学从唐代开始，逐渐形成了一种"为艺术而艺术"的传统，追求空灵渺远，讲究言外之意、象外之境、韵外之致，"不着一字，尽得风流"，这种审美风尚体现的是文人士大夫的审美趣味。应该说，体现这种审美风尚的文艺作品虽则很美，但却过于精致、细腻、小巧；而高适所追求的则是"为人生而艺术"，注重表达现实关怀，他对人生寄托了太过于浓烈的热望，对现实投入了太过于执着的情感，他身逢盛世，几乎是身不由己地就投入到了时代的洪流之中；无论是得志时的狂欢，还是失意时的悲歌，都共同凝聚成一曲对美好人生的恋歌、对理想之梦的颂歌。这样的诗虽或不及"为艺术而艺术"一派之精巧与雅致，有时甚至还显得有些粗拙，但它大气磅礴、粗犷苍劲，更具原始生命力量之美，难道还不足以让你荡气回肠、让你惊讶于生命之力量与精神之崇高而击节赞叹吗！如果说盛唐是我国历史上的伟大时代，那么，作为对那个伟大时代的歌唱，他的诗同样是无愧于时代的伟大诗篇。伟大的艺术具有伟大的精神品格，这种精神品格会赋予艺术以不朽的生命力。作为其精神的结晶，高适的边塞诗，也同样具有超越时空的艺术魅力。如果我们以繁花似锦的百花园比喻唐诗，那么高适的边塞诗可以说是这百花园里分外绚丽的一朵奇葩，时至今日，依然沁人心脾，散发着浓郁的芬芳。涵泳于其间，不仅会得到艺术上的享受，更会得到心灵的震撼与精神境界的升华；也正是因为如此，我们在解评他的诗时，便主要将精力集中在边塞诗方面，重点选录他的边塞诗。当然，作为杰出的诗人，他也有不少其他题材的诗歌，我们在选录时也酌情收录，以期能更全面地反映他诗歌创作的成就。

本书所选的高适诗，以《四部丛刊》本《高常侍集》为底本，参校以《全唐诗》本及文渊阁《四库全书》本，同时也注意参考今人的校注本，比如刘开扬的《高适诗集编年笺注》等。本书在注解与评析的过程中，参考并吸收了前人及时贤的研究成果，在此谨致以深切的谢意。为方便读者使用此书，末附"高适年谱简编"、"高适著作主要版本"、"高适研究主要著作"以及"《高适集》名言警句"（正文中用着重号标注）。由于受编者学识与水平的限制，本书在编目之选定以及诗歌的注解与评析方面，一定存在不少失当甚或错误之处，在此还请广大读者批评指正。

阮堂明
2004年9月于天津
2008年9月修订于苏州

论高适的边塞诗(代序)

高文 王刘纯

一

高适(702？—765)，字达夫，渤海蓨(今河北景县南)人(编者按，关于高适的祖籍，尚有争论)。他的生平事迹主要分前后两个阶段，五十岁左右是这两段的分界。

前段，他很不得志。李颀说他"五十无产业，心轻百万资，屠酤亦与群，不问君是谁"。在这五十年中又大致可分为北上蓟门和浪游梁宋两个时期。

在北上蓟门之前，他二十岁时曾赴长安求仕，失意而归。在《别韦参军》中，他写道：

二十解书剑，西游长安城。
举头望君门，屈指取公卿。
国风冲融迈三五，朝廷礼乐弥寰宇。
白璧皆言赐近臣，布衣不得干明主。
归来洛阳无负郭，东过梁宋非吾土。
兔苑为农岁不登，雁池垂钓心长苦。
……
弹棋击筑白日晚，纵酒高歌杨柳春。
……

这里一方面揭露朝政的黑暗,贵族近臣垄断政权,布衣之士遭受压抑;另一方面写自己客寓宋中,托身畎亩,生活处境非常艰窘,心情苦闷,但"弹棋击筑,纵酒高歌",意气仍是豪迈的。

十年托身陇亩之后,为了寻求立功报国的机会,他北上蓟门。他说:

少时方浩荡,遇物犹尘埃。
脱略身外事,交游天下才。
单车入燕赵,独立心悠哉。

在北上途中,他游于魏郡(在河北大名县东),"睹物思怀",写下了借古抒怀的重要作品《三君咏》,歌颂了"济代取高位,逢时敢直言"的魏徵、"纵横负才智,顾盼安社稷"的郭震和"昌言太后朝,潜运储君策"的狄仁杰。《旧唐书》本传说他"负气敢言,为权幸所惮",这和三君的气质相类似,可见此三君是诗人仿效的榜样。

北上蓟门,东出卢龙塞,这是高适第一次出塞。初到蓟门,他"题诗碣石馆,纵酒燕王台",意气豪迈地唱道:

北上登蓟门,茫茫见沙漠。
倚剑对风尘,慨然思卫霍。

抒写报国立功的雄心壮志。可是这次他的希望又落空了。不过他虽然没有找到仕进的机会,但对于边塞战争生活却有了亲身体验,这就为他后来写出著名的《燕歌行》打下了生活基础。

以后转入浪游梁宋时期。这一时期直到天宝八载举有道科为止。这时他一面"渔樵孟诸野",一面做富贵人家的宾客,就是本传说的"以求丐取给"。有时也到山东、江苏等地漫游,广交朋友,投诗于达官贵人,寻求仕进的机会。长期的困顿,使他苦闷悲愤,但用世之心未尝减退。他在《咏史》中这样说:"尚有绨袍赠,应怜范叔寒。不知天下士,犹作布衣看。"这也是借古抒怀,表示他对前途的自信。

在长期交游中,最值得大书特书的是天宝三载(744),李白赐金放还,至洛阳,遇到杜甫,二人同游汴州,又与高适相遇。三位诗人慷慨怀古,然后同至单父,登宓子贱琴台,猎于孟诸。这件事成为文学史上的佳话,至今开封市禹王台(即古吹台)内仍建有"三贤祠"以纪念他们的盛会。季秋,高适和他们分手,南游楚地,自商丘沿汴东下,经鄹县、符离、灵璧、徐县、泗县、盱眙、淮阴、淮安,而抵襄贲(今江苏涟水县),写了一篇《东征赋》,记载了安史之乱前的汴河防卫,可以据此纠正《资治通鉴》的错误,有很高的史料价值,可惜未被人们注意,故特表而出之。

北上蓟门和浪游梁宋时是高适创作的丰收时期。他现存诗共二百四十四首,有一百七十馀首诗是这两个时期的作品。《旧唐书》本传说他"年过五十,始留意诗什",这是不符合事实的。

此后转入诗人的后一阶段。这阶段包括两次入仕,这是高适个人历史变化的时期。第一次入仕是天宝八载(749),他的诗才受到宋州刺史张九皋的赏识,奏其所制诗集于朝,"荐举有道科",蹉跎半百的高适才获得一个入仕的机会,心情非常兴奋,在炎炎三伏天,十日赶到了长安,中第后,被专权妒才的右相李林甫所抑,只授他一个小小的封丘县尉,使他深感失望和不平。次年秋,他以县尉身份送兵出塞,到达清夷(在今河北怀来县)。它在《使青夷军入居庸》诗中悲愤地写道:

> 登顿驱征骑,栖迟愧宝刀。
> 远行今若此,微禄果徒劳。
> 绝坂冰连下,群峰云共高。
> 自堪成白首,何事一青袍!

回封丘后,他因深感"拜迎长官"的屈辱与"鞭挞黎庶"的痛心而弃官,写下了名作《封丘县》。不久,得到了河西节度使哥舒翰的赏识与推荐,充任翰幕府掌书记,高适仕途显达实始于此。

安史之乱爆发后,高适以监察御史佐哥舒翰守潼关。潼关失守后,他奔赴行在,见玄宗陈述军事形势,迁侍御史,擢谏议大夫。玄宗在蜀,用诸王分镇,高适切谏,以为不可,为肃宗所知。数月后,永王璘据金陵起兵,肃宗即召高适计议,适分析形势,认为永王必败,深受肃宗嘉奖,就任他为扬州大都督府长史(从三品),淮南节度使,使讨永王璘。高适一跃而为雄藩重镇的封疆大吏,成为开元、天宝时期诗人中最显达的人物。胡震亨曾评论说:"高适,诗人之达者也。其人故不同,(杜)甫善房琯,适独与琯左(谓反对房琯诸王分镇事),(李)白误受永王璘辟,适独察璘反萌,豫为备。二子穷而适达,又何疑也。"(《唐音癸签》卷二十五)这三位诗人的仕途显蹇,确与在这次重大政治变动中的态度有关系，胡氏之说是有道理的。

次年，永王败死。大宦官李辅国恶适敢言，在肃宗前进谗，降官为太子少詹事，出为彭州（今四川彭县）刺史，高适写了自叙生平经历的名作《酬裴员外以诗代书》。后迁蜀州（今四川崇庆县）。代宗初，迁成都尹、剑南西川节度使。未几，召为刑部侍郎，转左散骑常侍，卒，谥忠。

高适的创作，以边塞诗成就最高。他第一次出塞，北上蓟门，亲身体验了边塞士兵的生活，写下了《蓟门五首》。在诗中，他对"戍卒厌糟糠，降胡饱衣食"的不平等待遇感到愤慨，并给予深切的同情。他说"官亭试一望，吾欲涕沾臆"。对"胡骑虽凭陵，汉兵不顾身"的英勇爱国、不惜献身精神则给予热情的歌颂。而对士卒长期戍边、夫妇离别又表示了关心："羌胡无尽日，征战几时回？"

开元二十六年（738），他创作了最杰出的代表作《燕歌行》。这首诗从序来看，与张守珪部将打败仗有关，但其内容写的却不全是这次战役，而是把他在蓟门的见闻，进行更高的艺术概括和对他们英勇的爱国精神的赞美。这些都超过了历来的同题之作。诗中描写了战斗的激烈和艰苦，并以"战士军前半死生，美人帐下犹歌舞"这样鲜明的对比，深刻揭露了将军和士兵苦乐悬殊的生活和唐朝军政的腐败黑暗。

由于诗人自己具有强烈的爱国思想，所以他对保卫边疆的爱国将领作了热情的歌颂。如《送浑将军出塞》中对浑将军的刻画是很出色的。在敌人入侵，"昨日边庭羽书至"的时候，浑将军即慷慨出征。"城头画角三四声，匣里宝刀昼夜鸣"二句不赞浑将军本身，却正衬托出将军忠勇为国、心情异常激动的精神面貌。"黄云白草"的塞外风光，与"击剑酣歌"的昂扬精神，进一步突出了一个不畏艰苦、为国忘身、心情乐观的爱国将领形象。通篇严整而飞动，魄力雄毅，风骨遒劲，与《燕歌行》同样表现了高适七古的艺术特征。

其次，是反映时事的诗歌。其内容主要是对唐玄宗晚年昏聩的讽刺和对安史之乱的痛恨。例如唐玄宗晚年宠信安禄山，而安禄山却是一个诡诈反侧、屡次挑起边衅，以所谓"边功"来市宠的家伙。高适在送兵到清夷时，就体察到他以边兵作为个人市宠的牺牲品，在《答侯少府》诗中就指出"边兵若刍狗，战骨成埃尘"的可悲事实。而玄宗却对安禄山越来越宠信，连年加官晋爵。高适在《蓟中作》（亦作《送兵还作》）中用比较含蓄的语句说，"岂无安边书，诸将已承恩"，对玄宗的昏聩滥赏进行了讽刺。

到天宝十载（753），安禄山居然"出入宫掖不禁"，"颇有丑声闻于外",而玄宗竟听之任之。高适为此写了借古讽今的《辟阳城》诗。诗中借审食其与吕后私通事来影射安禄山与杨贵妃的暧昧关系。这类直指最高统治者、揭发其宫闱丑事、寓意深刻的讽刺诗,在当时是罕见的。

对安史之乱,高适的态度是鲜明的。他在《酬河南节度使贺兰大夫见赠之作》中写道:"河华屯妖气,伊瀍有战声。"他抚剑悲歌,心存戡难,还致书贺兰进明使救梁宋,解睢阳之围。及九节度使兵溃于邺城(在今河南安阳),他目睹国家残破,人民遭到杀害的惨状,写了《酬裴员外以诗代书》一诗,诗中有四句说:"纵横荆棘丛,但见瓦砾堆。行人无血色,战骨多青苔。"反映了中原经过这一番杀戮洗劫之后,一片破瓦颓垣,白骨纵横,人民流离的悲惨景象。关于邺城战役所造成的浩劫,只有在高适这首诗中得到具体的描述,这是它的可贵之处。

再次,他深入地反映了农民疾苦。由于高适长期贫困,又有"兔苑为农岁不登,雁池垂钓心长苦"的亲身感受,所以他能够关怀民生疾苦。属于这类的诗作有《东平路中遇大水》、《自淇涉黄河途中作》等。前者用白描手法写出了农村遭受水灾,因而"农夫无倚着,野老声殷忧"的情景;后者揭示了农民在旱灾和重税剥削下的贫困和农村凋敝的生活景象:"去秋虽薄熟,今夏犹未雨。耕耘日勤劳,租税兼乌卤。园蔬空寥落,产业不足数。"开元天宝诗人中,高适是第一个反映农民疾苦的诗人。

正因为如此,高适对能够关怀民生的地方官是称颂的,特别是对春秋时宓子贱为单父宰"琴和人亦贤"的良政作了多次歌颂。后来他自己任州牧时即以子贱为榜样,《旧唐书》本传说他"屡为藩牧,政存宽简,吏民便之"。

此外,高适还写了较多的自伤不遇的诗歌,反映出尽管是盛唐时期,大批人才仍然遭受压抑的不合理的社会现实。诗作如《别韦参军》、《淇上酬薛三据兼寄郭少府微》等。

综上所述,可以看出高适是一个落拓不羁、崇尚节义、有匡世之略和负气敢言、气质慷慨的人物。他的诗如其人,内容从多方面反映人民疾苦,揭露社会矛盾,抒写爱国热情和怀才不遇的感慨。其语言质朴爽朗,直抒胸臆,魄力雄毅,气骨琅然,多慷慨悲壮之音,形成了自己的独特风格。

高文(1908—1999),江苏南京人。现代著名学者、教育家。19岁入南京金陵大学中文系,曾师从国学大师黄侃、词学大师吴梅。1934年入金陵大学研究班,师从著名中国文学史家、书法家胡小石，毕业后留校任教。后又曾于西北大学、国立边疆大学任教。1951年，受河南大学中文系力邀而前往执教，直至去世。著有《汉碑集释》、《全唐诗简编》、《全唐诗诗句索引》、《王安石诗选》，与他人合著有《高适岑参选集》、《柳宗元选集》等。

以上"代序"为高文与王刘纯合著的《高适岑参选集》前言之节选，题目为编者所拟。

目录

前言 /001
论高适的边塞诗(代序)
　　　(高文　王刘纯) /001

◎ 诗

行路难二首(其二) /001
别韦参军 /002
宋中十首(其五) /005
蓟门不遇王之涣郭密之因以留赠
　　　/006
塞上 /008
蓟门五首 /009
　其一 /010
　其二 /010
　其三 /010
　其四 /011
　其五 /011
营州歌 /012
醉后赠张九旭 /013
邯郸少年行 /014
寄居田家 /016
田家春望 /017
效古赠崔二 /018
淇上酬薛三据兼寄郭少府微
　　　/020
淇上别业 /024
苦雨寄房四昆季 /025

目录

送魏八 /029
送李少府贬峡中王少府贬
　　长沙 /030
夜别韦司士 /031
闲居 /033
自淇涉黄河途中作十二首
　　（选三）/033
　　其一 /034
　　其九 /034
　　其十二 /035
燕歌行 /037
同李司仓早春宴睢阳东亭
　　/040
送田少府贬苍梧 /042
同群公秋登琴台 /043
古大梁行 /045
途中寄徐录事 /047
秋胡行 /049
东平路中遇大水 /052
东平路作三首（其三）/055
赋得还山吟赠沈四山人 /056
别董大二首（其一）/058
送前卫县李寀少府 /059
留别郑三韦九兼洛下诸公
　　/060
封丘县 /063
使青夷军入居庸三首 /065
　　其一 /065
　　其二 /066
　　其三 /066
自蓟北归 /067
答侯少府 /069

同诸公登慈恩寺塔 /074
同薛司直诸公秋霁曲江俯见
　　南山作 /076
送李侍御赴安西 /079
登垅 /080
金城北楼 /081
送刘评事充朔方判官赋得征
　　马嘶 /083
送浑将军出塞 /084
武威作二首（其一）/087
奉寄平原颜太守 /088
塞下曲 /092
入昌松东界山行 /094
陪窦侍御灵云南亭宴诗并序
　　/095
见薛大臂鹰作 /098
同鲜于洛阳于毕员外宅观画
　　马歌 /099
塞上听吹笛 /101
送别 /102
酬河南节度使贺兰大夫见赠
　　之作 /103
赴彭州山行之作 /106
人日寄杜二拾遗 /107
除夜作 /109
酬裴员外以诗代书 /109

◎ 附录

高适年谱简编 /118
高适著作主要版本 /122
高适研究主要著作 /123
《高适集》名言警句 /124

◎诗

行路难二首（其二）

行路难：乐府《杂曲歌辞》旧题。《乐府古题要解》："《行路难》，备言世路艰难及离别伤悲之意。"全诗二首，第一首以富家翁与东邻少年相对比，第二首以长安少年与读书者相对比，东邻少年与读书者均为诗人自己暗寓。今选第二首。据《高适年谱》，高适二十岁时曾游长安，此诗盖作于此时。一本两首次序颠倒。

长安少年不少钱，能骑骏马鸣金鞭。
五侯相逢大道边，美人弦管争留连。
黄金如斗不敢惜，片言如山莫弃捐。
安知颠顿读书者，暮宿灵台私自怜。

长安少年不少钱，能骑骏马鸣金鞭——金鞭：金饰的马鞭。二句写长安豪侠少年风流俊俏，衣冠光鲜，家资万贯，富贵比天，骑上高头骏马，挥舞金饰的马鞭，前呼后拥，气派非凡。

五侯相逢大道边，美人弦管争留连——五侯：《汉书·元后传》："（西汉成帝）封舅（王）谭为平阿侯，商成都侯，立红阳侯，根曲阳侯、逢时高平侯，五人同日封，故世谓之'五侯'。"此处指长安达官显贵。弦管：丝竹乐器。此处指歌舞。二句写富贵少年遍识长安达官显贵，相遇路边，执手殷勤，语笑嫣嫣。华堂锦宴，笙歌燕舞，美人红袖翩翩，争献莺莺娇声、婀娜媚态。

黄金如斗不敢惜，片言如山莫弃捐——斗：古代量具。捐：弃。二句写为结交此豪侠少年，怎可吝惜如斗黄金，少年片言只语亦贵重如山，岂可轻易捐弃，如过耳旁风。

安知颠顿读书者，暮宿灵台私自怜——颠顿：同"憔悴"。灵台：古代用以察天文星象、人间妖祥的观台。《诗经·大雅·灵台》："经始灵台，经之营之。"周文王所筑灵台故址在长安县西。《后汉书·第五伦传》注引《三辅决录》："第五伦少子颁,公府辟举高第,为谏议大夫,洛阳无主人,乡里无田宅,客止灵台中,或十日不炊。"此处借第五伦事,喻高适于长安的穷困潦倒之状。

【新评】

这首诗以长安豪侠少年纵色使财、交游贵宦的风流生活与读书少年贫穷孤寒、卑躬仰人的落拓境况相对比,暗寓诗人自己内心的悲凉和忧愤。高适方值弱冠少年,意气风发,踌躇满志,虽家道中衰,而不甘于走科举、门荫入仕之途,流落长安,俯仰贵宦,冀得一睹天颜,成君臣遇合之佳话,以展大鹏九万里之志。而诗人羽翼未丰、涉世未深,虽腹有诗书文章,才兼王霸大略,却淹蹇潦倒于长安富贵繁华地、温柔香媚乡,既垂涎豪侠少年的骄横淫逸,又悲愤世道的艰难坎坷,青云之志的遥不可及。此诗鲜明的对比中即可见出诗人忧愤不平之气跌宕暗涌于字里行间。全诗感情丰沛淋漓,却并不直抒,以两幅生动鲜明,却又截然相反的形象画面,让读者在直观体悟中去感叹世道艰难,生发对憔悴读书者的惜怜之情。

别韦参军

韦参军:不详其人。参军,职官名,唐代于州郡刺史下设参军数人,以佐理政事。此诗作于诗人宦游长安,功业未遂,游梁宋时期。诗中描述了诗人少年豪气,却无由干谒明主,归来田园,与友人纵酒高歌,洒泪而别的场景。"礼乐",一作"欢乐"。"弹棋",一作"弹琴"。

二十解书剑,西游长安城。
举头望君门,屈指取公卿。
国风冲融迈三五,朝廷礼乐弥寰宇。
白璧皆言赐近臣,布衣不得干明主。
归来洛阳无负郭,东过梁宋非吾土。
兔苑为农岁不登,雁池垂钓心长苦。
世人向我同众人,唯君于我最相亲。
且喜百年有交态,未尝一日辞家贫。
弹棋击筑白日晚,纵酒高歌杨柳春。

欢娱未尽分散去,使我惆怅惊心神。
丈夫不作儿女别,临歧涕泪沾衣巾。

新解

二十解书剑,西游长安城。举头望君门,屈指取公卿——解:懂得。君门:皇宫门。屈指:弯曲手指以记数,即指日可待。四句写诗人少年遍读经史子集,尤好舞枪弄剑,喜谈王霸大略,不甘于儒生科举入仕的中规中矩,西游长安,望结交达官显宦,得其慷慨举荐,游说帝王以治国平天下的宏韬远略,赐以重负,委以公卿之托,一飞冲天,一举成名。

国风冲融迈三五,朝廷礼乐弥寰宇。白璧皆言赐近臣,布衣不得干明主——国风:国家道德风化以成民俗。冲融:深广貌。迈:超越。三五:三皇五帝。传说上古三皇五帝之时,道德淳厚,政治清明,君王垂拱,而民心归附,天下大治。礼乐:儒家以礼乐文化化治天下。弥:散播,充塞。寰宇:犹言天下。白璧:珍贵的玉器,此处泛指帝王赐物。近臣:皇帝身边的宠臣。干:干谒以求官禄。四句写大唐盛世,国风淳厚,民治国安,政治清明,礼乐教化之风远播四夷,人民怀柔归附,天下和乐,其功远超经书所称颂的三皇五帝时。帝王赏赐大臣的珍异器皿、海外奇物,不胜枚举,但布衣之士纵有满腹才学、经国方略,不得干谒明主,纵横游说,以施展自己的抱负。

归来洛阳无负郭,东过梁宋非吾土。兔苑为农岁不登,雁池垂钓心长苦——负郭:指城郊之田。负,背负,紧依;郭,外城。战国苏秦,洛阳人,游说帝王以王霸纵横术,身兼六国相位。曾说"使我有洛阳负郭田二顷,吾岂能配六国相印乎?"(见《史记·苏秦列传》)梁宋:唐代宋州(今河南商丘),于春秋时为宋国国都,西汉时梁孝王封地治所也在此。高适西游失意,客居于梁宋,以农耕求丐为生。非吾土:不是我自己的家乡。王粲《登楼赋》:"虽信美而非吾土兮,曾何足以少留。"兔苑:又称梁园、梁苑。梁孝王所筑的东苑,在今河南开封市东南。葛洪《西京杂记》卷二:"梁孝王好营宫室苑囿之乐,作曜华宫,筑兔园,奇果异树、瑰禽怪兽毕备。"梁园在唐时已成废墟,故高适农耕于此。登:成熟。雁池:是当时梁园内一风景区,《西京杂记》又载:"(梁园)又有雁池,池间鹤洲凫渚。王日与宫人宾客弋钓其中。"四句写西游归来,落魄失意,诗人豪气顿减,身无长物,田无负郭,客居梁宋亦非故土。诗人不免心灰意懒。暂借兔苑荒废地辟一方土田,稼穑以自取,农耕以求活,但恨天公不作美,庄稼收种尚不及家用。诗人闲来垂钓雁池,缅怀梁王当时高朋济济,命俦啸侣、驰骋田猎之盛事,想今日自己的蹭蹬仕途,潦倒孤寂,鸿图难展,亦常常黯然神伤,哀感不迭。

　　世人向我同众人，唯君于我最相亲。且喜百年有交态，未尝一日辞家贫——向：犹"于"，与下句"于"字为互文，对、看待义。交态：交情。辞：嫌弃。四句写诗人但感世态炎凉，人情淡薄，世人但以燕雀看待胸有鸿鹄之志的诗人，以平庸凡辈视诗人同众流，唯有韦参军慧眼独开，伯乐识才，知诗人心存高远之志，不过一时蹀躞垂翅于江湖，必能一朝奋飞，一鸣惊人。与韦参军但订交情，情义深笃，非以世故利益之心相交，故诗人虽仍布衣之身，贫寒潦倒，也未尝轻视嫌弃，依然对诗人青眼相加，真情相待。

　　弹棋击筑白日晚，纵酒高歌杨柳春。欢娱未尽分散去，使我惆怅惊心神。丈夫不作儿女别，临歧涕泪沾衣巾——弹棋：起于汉代的一种博戏。《后汉书·梁冀传》："性嗜酒，能挽满、弹棋、格五、六博、蹴鞠之戏。"李贤注引《艺经》："弹棋，两人对局，白黑棋各六枚，先列棋子相当，更先弹也。其局以石为之。"魏时改为十六棋，唐代增为二十四棋。击筑：筑，为古代乐器，似琴，有弦，以竹击之而发声，故名。"丈夫"二句：王勃《送杜少府之任蜀川》"无为在歧路，儿女共沾巾"。此处用其意。歧：岔路口。六句写与韦参军弹棋击筑，游戏玩猎，直至日渐黄昏；纵酒使气，慷慨高歌于杨柳前，岂问年年岁岁？然而欢乐难持久，别离已至，人生但天涯萍聚，偶然一场，岂不让诗人黯然神伤，愁肠百结？然而大丈夫当英雄气长，岂能在临别路岔口作小儿女状，泪洒巾衫，哀哀垂泪？

【新评】

　　诗写送别，而重在自述求宦经历。前八句写于长安的雄心奋发及落魄失意。中间写客居梁宋，求丐农耕的孤闷生活及与韦参军纵酒高歌、放逸任情的田园之乐。后四句才归结送别。全诗感情直露，而风情并举。诗人性情坦荡磊落，毫不扭捏掩饰。雄心勃发时，"屈指取公卿"；愤懑不平时，幽怨委屈可溢于言表；激情突起时，亦醉酒取欢，慷慨笙歌。盛唐政治文化较开明宽松，诗人少些儒家温柔敦厚风教的陈腐枷锁，能够自由恣肆地在诗中表现自己的慷慨愤激、块垒不平。这在李白、高适、岑参等盛唐诗人身上都有显著的体现。此诗用杂言体，韵脚三变，感情开合与诗歌韵律、文字的伸缩共相跌宕起伏。风格豪气健举，风骨凌厉，粗荡而真淳自然，表现出诗人早期既已形成豪宕纵发、天然浑朴的诗歌风格。

宋中十首（其五）

宋中，指宋州，今河南商丘。《新唐书·地理志》："宋州睢阳郡治宋城。"这组诗均怀古感今，同一机杼。据年谱，为诗人开元十一年（722）东归宋州时作。诗中"寒城"一作"寒声"。

> 登高临旧国，怀古对穷秋。
> 落日鸿雁度，寒城砧杵愁。
> 昔贤不复有，行矣莫淹留。

登高临旧国，怀古对穷秋——旧国：西周时，微子曾国于宋；西汉时，汉文帝曾封子武于宋，故称。《史记·宋微之世家》："周公既承王命，诛武庚，杀管叔，放蔡叔，乃命微子开代殷后，奉其先祀，作《微子之命》以申之，国于宋。"《史记·梁孝王世家》正义引《括地志》："宋州宋城县，在州南二里外城中，本汉之睢阳县也。汉文帝封子武于大梁，以其地卑湿，徙睢阳，故改曰梁也。"穷秋：秋深而未尽之时，犹言暮秋。鲍照《代白纻曲》："穷秋九月荷叶黄，北风驱雁天雨霜。"这两句写诗人深秋之际，登高临远，目睹梁宋旧国，怀古之情，油然而生。

落日鸿雁度，寒城砧杵愁——砧杵：捣衣之具，以木制成。何逊《赠族人秣陵兄弟》："砧杵鸣四邻。"这两句写诗人目睹鸿雁南飞，闻及城中阵阵捣衣之声，不禁愁绪满怀。

昔贤不复有，行矣莫淹留——昔贤：先贤，这里指微子、梁王及其宾客等。淹留：停留。《文选》卷二十二沈约《钟山诗应西阳王教一首》："淹留访五药，顾步伫二芝。"这两句诗人写先贤已渺然难追，自己无缘得见，还是离开这里，不再淹留。

这是一首怀古诗，为诗人早年所作。先就题生发，点出创作的时间、地点，继以写登高之见闻，最后则以致慨作结，整首诗意脉完整，浑然一体，虽为短古，但意蕴浑厚，令人回味。此诗在艺术上的高妙之处，还在于一方面以律行古,虽为古诗,但前四句对仗工允,声律和谐;尤其是"落日鸿雁度,寒城砧杵愁"两句,虚实相间,境界开阔广远,荒寒苍凉,颇以写景高妙见胜,见出感情之深沉浓至,堪称名句。另一方面,诗歌又并未因为以律行古而影响到意脉的流畅,由此可见诗人高超的艺术功力。《唐诗直解》谓此诗"悲慨,有体有理",《唐诗快》也以此诗评高适,谓"其诗高妙如此",皆有助于我们体会此诗在艺术上的特点。

蓟门不遇王之涣郭密之因以留赠

蓟门:又名蓟丘,故址在今北京市北。以其地多生蓟草而得名。王之涣:盛唐著名诗人,晋阳人(今山西省太原市),少有侠气,声名早播,曾为冀州衡水县主簿,被人诬陷去官,过了十五年"优游青山"的生活;后死于长安。其作品多已散佚,《全唐诗》仅录存六首,有《鹳雀楼》、《凉州词》为千古脍炙人口之作。郭密之:盛唐诗人,《全唐诗》存其诗一首,《全唐诗外编》又补诗一首。清代学者钱大昕《十驾斋养新录》卷十五《诸暨令郭密之诗》条中称其诗"古淡近选体"。诗人自长安失意而归后,客居梁宋十年。开元十九年(731)曾北游燕赵,此诗即作于此时。全诗抒发诗人独登蓟门,思念友人的真挚情感。

> 适远登蓟丘,兹晨独搔屑。
> 贤交不可见,吾愿终难说。
> 迢递千里游,羁离十年别。
> 才华仰清兴,功业嗟芳节。
> 旷荡阻云海,萧条带风雪。
> 逢时事多谬,失路心弥折。
> 行矣勿重陈,怀君但愁绝。

适远登蓟丘,兹晨独搔屑。贤交不可见,吾愿终难说——适:去,往。兹:此。搔屑:风声。搔:同骚。刘向《九叹》:"风骚屑以摇木兮。"贤交:指王之涣、郭密之二友人。四句写诗人于清晨登临蓟丘,但听风声飒飒,草木摇荡,四野清旷,一望无垠,二友人不知漂泊在天涯何处,知交零落,心事只能独对,无人可以倾诉。

迢递千里游,羁离十年别。才华仰清兴,功业嗟芳节——迢递:遥远。羁离:滞留客居他乡。十年别:指诗人与二友人订交在十年之前。仰:钦慕地仰望。清兴:清逸的兴致。嗟:赞叹。芳节:芳芬流溢的高节。四句写知交三人一别后,各自羁于宦途,奔波干谒,千里相隔,无由相见,至今已十年。诗人感叹二友天才的颖发及清新俊逸的文章风格,歆慕二友流芳溢彩的千载功业。

旷荡阻云海,萧条带风雪。逢时事多谬,失路心弥折——旷荡:空旷苍茫。带:飞舞。谬:乖舛。弥:更加。折:伤心欲绝。四句写登蓟丘,但见天高地远,云烟苍茫,山重水复,渺无涯际,秋风悲飒,衰草连天,萧条秋景,让人触目心酸。诗人亦不禁感慨万千,叹世路多舛,仕途蹭蹬,功业难遂。

行矣勿重陈,怀君但愁绝——勿重陈:不必再说。二句诗人自慰忧愁但勿复说,人生漫长,前行之路虽难,还需跋涉,思念二友之心却如这高天厚土,更深更长。诗人坐进愁城,感世路之艰辛,而愁绪万端。

诗写独登蓟丘、思念友人的悲怀。首二句写登临。中间八句写对友人望穿秋水的思念之情及钦仰二友人的才华和高志。后四句为诗人自我抒怀,感慨行路艰难。全诗写得情长意重,真挚深婉,思念友人,钦慕友人,而暗寓自己的落拓失意和孤寂忧闷。"旷荡"二句,写景寓情,情景交融,悲飒萧条的秋景和诗人苍凉孤独的心态泯合无间,造成一种深广浑涵、迷离苍茫的意境,诗人独立寒秋,感宇宙渺远,人世悠悠,知交零落,功业难济,不禁怆然泣下。功业的执着使盛唐诗人有那么多的悲怀和感慨,他们敏感地惊视着时序的轮替、环境的变化,唱着青春的哀歌,擎着功业的大旗,振奋风发,阔步向前,又时而徘徊踯躅,惆怅缱绻,他们无时无刻不在真实地袒露着自己青春的伤感,单纯天真,又烂漫多情,这就是盛唐诗人特有的精神风貌。他们深于情,却不滥情,他们的情是昂扬向上、积极健朗的,情和志统合,共同阐发着他们年轻多感、敏锐好思的内心情怀。

全诗语言朴茂,情感真挚,有西晋阮籍诗的深婉低回,却又多一份盛唐特有的健康明朗,清新明秀,胡应麟评其诗"深婉有致……然黯淡之内,古意犹存"(《诗薮》内编卷二),此之谓也。

塞 上

塞上：乐府曲名。《乐府诗集》卷二十一："《晋书·乐志》曰：《出塞》、《入塞》曲，李延年造。"《晋书》："刘畴尝避乱坞壁，贾胡百数欲害之，畴无惧色，援笳而吹之，为《出塞》、《入塞》之声，以动其游客之思，于是群胡皆垂泣而去。"按《西京杂记》曰："戚夫人善歌《出塞》、《入塞》、《望归》之曲。则高帝时已有之，疑不起于延年也。唐又有《塞上》、《塞下》曲，盖出于此。"此诗收于《乐府诗集》卷九十二《新乐府辞》中。此诗用乐府旧题写时事，表现了诗人对东北边境的忧患意识，同时表达了杀敌报国的决心。"卢龙塞"，一作"卢龙间"。"出皇都"，一作"临此都"。"关河"，一作"关阿"，一作"关山"。

　　东出卢龙塞，浩然客思孤。
　　亭堠列万里，汉兵犹备胡。
　　边尘涨北溟，虏骑正南驱。
　　转斗岂长策，和亲非远图。
　　惟昔李将军，按节出皇都。
　　总戎扫大漠，一战擒单于。
　　常怀感激心，愿效纵横谟。
　　倚剑欲谁语，关河空郁纡。

　　东出卢龙塞，浩然客思孤。亭堠列万里，汉兵犹备胡——卢龙塞：为古代东北防御少数民族侵扰的关塞，在今河北迁安县西北。浩然：感慨貌。亭堠（hòu）：古代用以瞭望、防备敌人的堡垒。汉兵：指唐兵。胡：此处指奚、契丹等盘踞于东北的少数民族。唐诗中常以汉代故实喻比唐代。四句写诗人独自驱车登卢龙古塞，望天地苍茫，四野无涯。备敌的土堡亭堠星星点点地分布在万里边防线上，胡兵尚自猖狂，唐军不敢稍有懈怠。

　　边尘涨北溟，虏骑正南驱。转斗岂长策，和亲非远图——边尘：边地烽烟尘土。涨：弥漫。北溟：北海，指渤海一带，为北地少数民族经常骚扰的地方。虏骑：胡族兵马。虏，为对敌人的蔑称。转斗：辗转战斗，形容久战不绝，徒耗兵损财。岂长策：非良策。和亲：与少数民族媾亲以弭战争。按玄宗朝曾几次与奚族、契丹族和亲，事见新、旧《唐书》。远图：长远之策。四句写渤海一带为奚、契丹等部落聚集区，他们觊觎唐朝的物华天宝，时时率兵南驱侵扰我东北边境，烧杀抢掠，而朝廷举棋不定，或打打停停，致使战事久拖不绝；或和亲以睦之，亦只助长敌人的气焰，这哪里是长久之良策呢？

惟昔李将军，按节出皇都。总戎扫大漠，一战擒单于——李将军：指汉代著名边将李广，与匈奴转战多年，战绩赫赫，威名远播，号为"飞将军"。一说为战国时赵国李牧，李牧曾守代（今河北蔚县东北）及雁门（今山西代县），曾一举大破匈奴。按节：持节。节，指朝廷派遣使者出使边地或地方以作为信物的旄节。皇都：京城。总戎：统领军队。扫大漠：靖灭胡尘。单于：匈奴对其酋长的称呼。四句写诗人由战事频仍，不能一举靖定边防，转而忆念汉之李将军，他当年带领汉军，一扫大漠，擒得敌军首领，解除了边患。

常怀感激心，愿效纵横谟。倚剑欲谁语，关河空郁纡——感激：感情激荡。纵横谟：指王霸大略。纵横：战国张仪、苏秦的合纵连横之策。谟（mó）：谋略。谁语：语谁，向谁诉说。关河：边关的河山。郁纡（yū）：惆怅郁闷。四句写诗人思及国家边患不断，民不聊生，感古代骁将杀敌靖边、英名万代的事迹，愿呈济国安邦的宏谋大猷，报效国家。可是诗人空自豪情万丈，仗剑独立，却无人诉说，只能对着幽咽缱绻东流水和苍茫沉郁的青山倾诉着内心的愤懑不平。

【新评】

前八句写诗人走至塞上，见亭堠星罗、边尘弥漫的战备状态，而忧患国事。中间四句怀古托今并抒志，希望能有李将军那样的骁勇边将，早靖边尘。后四句为自我抒怀，表达壮志难酬、悲歌谁诉的沉痛之感。全诗灌注着诗人对国事的深切忧虑，体现出诗人激昂慷慨、豪情俊发的英雄气概。高适后来在安史之乱中脱颖而出，得授淮南、剑南节度使，委以重任，与年轻时的这种英雄豪气、雄才胆识是分不开的。

蓟门五首

【题解】

蓟门：见《蓟门不遇王之涣郭密之因以留赠》注。此诗亦作于诗人北游燕赵期间。组诗反映了边地军士生活的几个方面，表现出诗人对军营中一些不公平现象的思索和对连年边患的忧心忡忡。第五首"黯黯"，一作"茫茫"。

其 一

蓟门逢古老,独立思氛氲。
一身既零丁,头鬓白纷纷。
勋庸今已矣,不识霍将军!

蓟门逢古老,独立思氛氲。一身既零丁,头鬓白纷纷。勋庸今已矣,不识霍将军——古老:老人,指一位久戍边塞的老兵。氛氲:纷纭繁盛貌。一身:指老兵。零丁:孤独。勋庸:勋业、功劳。庸,功劳。霍将军:指汉代名将霍去病,为骠骑将军,曾六次与匈奴作战,大获全胜。此诗写诗人北游蓟丘,逢一戍守蓟丘边关的老兵,头发斑白,孤独老迈,憔悴脱形,茕茕孑立于苍茫中,愁思纷纭,感时叹命。老人虽身经百战,依然功勋难成,故感生不逢时,难遭遇如汉代霍将军者,从而立功封侯。

其 二

汉家能用武,开拓穷异域。
戍卒厌糟糠,降胡饱衣食。
关亭试一望,吾欲涕沾臆。

汉家能用武,开拓穷异域。戍卒厌糟糠,降胡饱衣食。关亭试一望,吾欲涕沾臆——汉家:指唐朝。厌(yàn):同"餍",饱。糟糠:酒糟谷皮,喻粗劣食物。降胡:指归降的胡人。关亭:当指边关的戍楼。臆:胸,指衣襟。此诗写唐朝国势强盛,天子不惜穷兵黩武,开边拓土,屯驻重兵于西南、西北、东北边域,防备少数民族的骚扰,巩固既有的边防。天子宠信边将,赏赐纷纭,而战士却战袍褴褛,糟糠充饥,归降的胡兵反能饱食终日。诗人伫立戍楼,感此不公平待遇,想边卒孤寒颠顿,老死疆场,不禁泫然泪下。

其 三

边城十一月,雨雪乱霏霏。
元戎号令严,人马亦轻肥。
羌胡无尽日,征战几时归!

边城十一月,雨雪乱霏霏。元戎号令严,人马亦轻肥。羌胡无尽日,征战几时归——乱霏霏:密集飞舞。元戎:主帅,指幽州节度使(治所在今北京城西南)。轻肥:轻裘肥马,粮草丰足。羌胡:指奚、契丹少数民族。羌,本为西域少数族,此处借指。诗写边城寒冬,冰天雪地,凛冽刺骨。唐朝边将军纪严明,兵马草丰粮足。胡兵扰乱边境,时起祸端,戍边的将卒经年累月严防寇乱,思乡心愁,归日无望。

其 四

幽州多骑射,结发重横行。
一朝事将军,出入有名声。
纷纷猎秋草,相向角弓鸣。

　　幽州多骑射,结发重横行。一朝事将军,出入有名声。纷纷猎秋草,相向角弓鸣——结发:古代男子成年时将头发束在一起,称为结发。横行:纵横驰骋。诗写自古幽燕多悲歌慷慨之士,其少年结义天下,任侠使气,骑马射箭,气骨凌风。一朝追随将军抗击胡寇,驰骋沙场,不爱其躯,立下了累累战功,声名赫赫。英雄少年,走马田猎,更是英姿飒爽,风动间角弓齐发,茫茫天宇,回荡着劲弦铮铮之声,久久不绝。

其 五

黯黯长城外,日没更烟尘。
胡骑虽凭陵,汉兵不顾身。
古树满空塞,黄云愁杀人。

　　黯黯长城外,日没更烟尘。胡骑虽凭陵,汉兵不顾身。古树满空塞,黄云愁杀人——黯黯:阴暗貌。更:此处指继续。凭陵:仗势侵凌。汉兵:唐朝军队。空塞:空旷的大漠边塞。诗写长城外,因了战争的狰狞杀气、烽烟的死气沉沉,一片阴云惨淡之色,落日尽早地收束起最后一抹光辉,隐没于西天。胡寇气焰嚣张,依仗铁马快箭,如狼似虎侵凌边关,唐朝兵将奋不顾身,英勇杀敌。古树苍郁,连绵于茫茫古塞间,黄云缭绕,愁杀远戍的征人。

全诗五首,第一首描写一边关老兵,借其口反映兵卒的艰苦戍边生活,并对边将的庸碌无能、战事不济进行微讽。第二首写军中戍卒受到的不公平待遇,以及诗人对他们的同情。第三首写军队装备精良以及戍卒的思乡情绪。第四首写少年边将的矫健风姿。第五首写唐兵面对敌人凌厉的攻势,奋不顾身,英勇杀敌,保疆卫国。五首各呈尺幅之画,短小而精致,抒情、描写、议论或相融无间,或参差相错,点染出边关生活的各个侧面。全诗如一组气势悲壮、豪迈雄阔的交响曲,或悲情肃杀,低回缱绻,或悲歌慷慨,激昂奋发,或明丽清新,简净如画。诗人饱满丰沛的情感与丰富深沉的内容,也造成全诗一种风骨振铄、跌宕起伏的风致。语言朴茂无华,古韵悠长。

营州歌

《新唐书·地理志》:"营州柳城郡有柳城县,西北接番,北接契丹,东有碣石山。"在今辽宁朝阳县。此诗为高适自创新乐府。胡应麟《诗薮·内编》卷六云:"王翰《凉州词》、王维《少年行》、高适《营州歌》……皆乐府也。然音响自是唐人,与五言绝稍异。"作于高适天宝中出塞后。诗题一作《营州》。

营州少年厌原野,皮裘蒙茸猎城下。
虏酒千钟不醉人,胡儿十岁能骑马。

营州少年厌原野,皮裘蒙茸猎城下——厌:满。原野:《礼记·月令》:"周视原野。"郑注:"广平曰原……平野也。"《文苑英华》厌作满。蒙茸:《诗经·邶风·旄丘》:"狐裘蒙戎。"传:"蒙戎以言乱也。"《左传·僖公五年》:"狐裘尨茸。"注释:"尨茸,乱貌。"城下:城外,亦指郊野。古代城郭四周高墙,因谓外为下也。这两句写营州少年善骑好武,聚于郊野,以猎为戏。

虏酒千钟不醉人,胡儿十岁能骑马——虏:对胡人之蔑称。不醉人:犹言人不醉,极言胡人擅饮。这两句写胡人自小即长于骑射,又豪爽擅饮,虽千钟而不醉。

新评

作为边塞诗人，高适功名心极强，故而多以诗表达对人生理想的渴望，其边塞诗也因而多直抒胸臆。然这首诗中诗人却着笔营州民俗尚骑射之风，以欣赏的眼光描绘了一幅边地异族风情画，塑造了"营州少年"的英武形象，鲜活生动，跃然纸上。于高适而言，此诗固为闲笔之作，不过这恰好告诉我们，高适非不善于像岑参那样以轻灵或优美的笔触描摹山川风物与异族风情，只是由于过于浓烈的功名意识使他更执着于将笔墨集中于边塞战争方面，不过此诗却是个例外。这首诗形式上押仄韵，音调高古。所以，俞陛云《诗境浅说续编》云："高达夫《营州歌》……写塞外情状。诗用仄韵，音节亦殊抗健。"所言良是。

醉后赠张九旭

题解

张旭，唐代著名书家，号为草圣，与贺知章等共为"饮中八仙"，又与贺知章、包融、张若虚合称"吴中四士"。《新唐书·李白传》："（张）旭，苏州吴人。嗜酒，每大醉，呼叫狂走，乃下笔，或以头濡墨而书，既醒自视，以为神，不可复得也。世呼张颠。初仕为常熟尉。"后又任左率府长史、金吾长史。此诗当是诗人开元二十四年（736）在洛阳所作。诗中"谩"一作"漫"。

> 世上谩相识，此翁殊不然。
> 兴来书自圣，醉后语尤颠。
> 白发老闲事，青云在目前。
> 床头一壶酒，能更几回眠？

新解

世上谩相识，此翁殊不然。兴来书自圣，醉后语尤颠——谩：轻慢。这四句意思是世人泛然相交，即谩称知己，而张旭殊不以为然。他任情率真，兴致高涨时即奋笔而书，大醉之后则肆意而言，颇为颠狂。

白发老闲事，青云在目前。床头一壶酒，能更几回眠——白发：李颀《赠张旭》："皓首穷草隶，时称太湖精。"青云：郭璞《游仙诗》："寻我青云友，永与世人绝。"此言张旭志趣脱俗。这四句写张旭闲逸放旷之致，意思是张旭虽皓首事闲,却志趣宏放。他置酒于床头,乘兴而饮,醉即卧榻而眠,不复问老之将至。

高适此诗恰似为张旭所题的一幅人物肖像。开头两句总写,描绘张旭肖像之轮廓。诗人写张旭却先以"世上谩相识"起笔,既借以反衬,也见出措意曲折,颇为巧妙。后六句,则就细部着笔,具体描绘张旭形象。三、四两句以"兴来"、"醉后"之态,突出张旭行为举止上的"颠狂"。五、六两句则由表及里,重在描写张旭虽一生落拓而不以得失系于胸怀,仍然志趣宏放,脱略世俗,以青云为友,突出其精神上的追求。结句由人而及物,借床头酒壶,从侧面再为张旭形象增添一笔,从而使人物形象更加饱满、生动。总之,此诗虽为五律,但笔墨饱满有力,给人以酣畅痛快之感,读来令人兴起。

这种效果与诗人"醉后"而作此诗颇有关联。因为是醉后而作,诗人也罢去拘束,放纵情致与笔墨,为我们描绘出张旭活脱脱的形象来。《唐诗选脉会通评林》引周珽语云:"达夫率口生韵,其赠寄、送别诸篇,不事钩棘为奇,皆一气呵成,丰态有美女舞竿之致。"验以此诗,可谓所言良是!

邯郸少年行

邯郸:战国时赵国国都,即今河北邯郸市。少年行:乐府旧题。《乐府诗集》之《杂曲歌辞》收此诗。诗写于诗人北游燕赵期间。诗中描写了邯郸少年任侠使气、落拓豪纵的性格,并抒发诗人对世态炎凉的感慨。"几度",一作"几处"。"长如云",一作"如云屯"。"即今",一作"今人"。

邯郸城南游侠子,自矜生长邯郸里。
千场纵博家仍富,几度报仇身不死。
宅中歌笑日纷纷,门外车马长如云。
未知肝胆向谁是,令人却忆平原君。
君不见即今交态薄,黄金用尽还疏索!
以兹感叹辞旧游,更于时事无所求,
且与少年饮美酒,往来射猎西山头。

邯郸城南游侠子，自矜生长邯郸里。千场纵博家仍富，几度报仇身不死——游侠子：游侠少年。《史记·游侠列传》称其："其言必信，其行必果，已诺必诚，不爱其躯，赴士之阨困，既已存亡死生矣，而不矜其能，羞伐其德。"矜：伐，骄傲。四句写邯郸城南有游侠少年，风流倜傥，气概不凡，以家居邯郸市里为荣。家资万贯，日日纵酒赌博，挥霍钱财，仍是富贵千金。少年侠肝义胆，济危扶弱，有难必应，有诺必诚，曾为报仇而身经数险。

　　宅中歌笑日纷纷，门外车马长如云。未知肝胆向谁是，令人却忆平原君——纷纷：繁多，应接不暇。肝胆：比喻对友人赤胆忠心。平原君：指战国赵国公子赵胜，为战国四公子之一。好接纳四方贤才，倾盖以待客，士至者数千人，为其出谋划策，有知己之交。事见《史记·平原君列传》。邯郸，古为赵国之地，故诗人有此联想。四句写邯郸少年高堂华屋，日日笙歌燕舞，霓裳翩跹，珠光宝气，令人目不暇给。门外也车水马龙，宾客慕少年富贵豪宕的游侠风度，踏破门庭，欲争相结交。纵使宾客拥挤如云，而重义轻利的知己之交又能有几人，由不得使人追慕战国赵公子与宾客肝胆相照、赤诚相待的千古佳话。

　　君不见即今交态薄，黄金用尽还疏索！以兹感叹辞旧游，更于时事无所求。且与少年饮美酒，往来射猎西山头——交态：交情。疏索：疏远淡漠。旧游：指旧日结交的友人。西山：《史记·廉颇蔺相如列传》："赵惠文王赐奢号为马服君。"集解注："赵奢冢在邯郸界西山上，谓之马服山。"六句写如今世态炎凉，人心浇薄，重利轻义，当千金散尽、权势既倒时，门庭也稀落，宾客早作猢狲散。思及此，诗人不禁感慨万千，旧日交朋也但如过眼云烟，不必深求肝胆至交，且与少年豪侠流辈作今朝有酒今朝醉的及时行乐，射猎西山，千骑相拥，弯弓射箭，豪气凌云。

　　全诗以乐府旧题感叹时事。前六句描写邯郸少年纵财赌博、仗义报仇的侠客行为，及众宾客攀权附势、谄媚取宠的社会现实。后八句为诗人议论，发抒世态炎凉、人心不古、知交难求的感慨，以及及时行乐的无奈心绪。殷璠《河岳英灵集》谓高适"性拓落，不拘小节，隐迹博徒"，于此诗中可见。全诗思绪贯畅，一气呵成，语不择韵，随意出落，情感灌注，以气驭语，尤其是结尾部分。"君不见"、"还"、"更"、"且与"，这些口语词、语助词的连绵交叠，如朴野的山风呼呼吹来，如夹沙卷玉的江流直突而下，更能见出诗人内心情感的激荡不平，和故作豪情、醉酒以舔抚悲愤的无可奈何。黄培芳称此诗"句有远神，最为宕逸",(见《唐贤三昧集笺注》卷下评)可供参考。

寄居田家

题解

此诗写诗人游历生活中寄宿田家感田园盛事而生发隐逸之向往,写作年代不详。"平吟",一作"频吟"。

　　田家老翁住东陂,说道平生隐在兹。
　　鬓白未曾记日月,山青每到识春时。
　　门前种柳深成巷,野谷流泉添入池。
　　牛壮日耕十亩地,人闲常扫一茅茨。
　　客来满酌清樽酒,感兴平吟才子诗。
　　岩际窟中藏鼹鼠,潭边竹里隐鸬鹚。
　　村墟日落行人少,醉后无心怯路歧。
　　今夜只应还寄宿,明朝拂曙与君辞。

新解

　　田家老翁住东陂,说道平生隐在兹。鬓白未曾记日月,山青每到识春时——陂(bēi):山坡。四句写诗人寄宿的田家老翁家住山东陂,老人自述平生一直隐居于此。岁月悠悠,往昔青丝已成白发,朱颜换成暮齿,老人但觉有日薄西山之衰态,而从未计量过光阴以年、月、日、时的老调在仓促急行。待等到绿阴覆盖了草原、平野,春风荡涤尽料峭寒气,暖阳踏着轻盈的步伐,灿烂地来到老人家门口时,老人才知道,哦,春天到了,万物复苏了,草木露出尖尖角,小鸟振起歌喉,婉转唱歌,田里的庄稼也摇着幼稚的小脸等待着哺育了。

　　门前种柳深成巷,野谷流泉添入池。牛壮日耕十亩地,人闲常扫一茅茨——茅茨(cí):草屋。《汉书·司马迁传》:"茅茨不剪。"颜注:"屋盖曰茨。茅茨,以茅覆屋也。"四句写老人门前柳树成行,婆娑成荫,葱茏苍翠,点缀着深巷盎然一片。庭院小池一方,清冽甘甜,尽流淌的是来自野外山谷中的清泉,饲养的黄牛膘肥体壮,可日耕十亩地,主人除农耕时忙于庄稼,其余时间则悠闲无事,草屋虽简陋清寒,却净洁无染。

　　客来满酌清樽酒,感兴平吟才子诗。岩际窟中藏鼹鼠,潭边竹里隐鸬鹚——

樽：古之酒器。清樽酒：即清酒。平吟：气定神闲地吟诵。鼹（yǎn）鼠：老鼠的一类，俗名"地排子"，有利爪，善掘土，住在土穴中。鸬鹚（lú）：水禽，俗称水老鸦。四句写偶有朋友造访，老人会以自酿的清酒殷勤待客，兴之所至，也会优游闲适地吟诵名诗佳句，聊以抒怀。茅屋坐落的山坡上，岩石嶙峋奇突，洞窟中小鼹鼠时时探头，水潭边翠竹亭秀简逸，鸬鹚鸟昂立于竹林间时隐时现。

村墟日落行人少，醉后无心怯路歧。今夜只应还寄宿，明朝拂曙与君辞——村墟：村落。怯路歧：《吕氏春秋·疑似》："墨子见歧道而哭之。"《淮南子·说林》："杨子（杨朱）见逵路而哭之，为其可以南可以北也。"逵路：指岔口多，四通八达的道路。拂曙：天刚亮时。四句写隐者所居的村庄渐渐隐没于落日之中，路上行人寥落，只有小鸡小狗无所事事地到处游荡。隐者恬淡无求，知足安分，醉后也不必哀叹人生多歧路，世道多艰险。诗人为干谒求仕走南闯北，历尽沧桑，仍怀抱未展，偶值这种平淡无忧、淳朴恬静的田园生活，心中的块垒不平、幽怨愤懑也丝丝消泯。

全诗描写了充满生机野趣的田园生活。自然如水、悠悠而逝的岁月，田家翁的悠闲自在、清雅闲旷，柳树细泉的拱卫亲和，山庄环境的清新秀美，野趣盎然，所有这些都为作者展示了不同于追名逐利、仕途奔竞的另一世界。诗人带着一份暂息尘劳的伤感把自己消融在这种既生机勃勃，又宁静闲雅的田园世界中，如诗如画地描摹着心中的桃花源。高适虽醉心于功名，但于此也不能不衷心地流露出对田园生活的向往。由此，我们又看到高适精神世界的另一面。此诗不同于高适惯常的直抒胸臆，而是通过对田园生活的描绘，来表达自己的情感，风格朴质素淡，于高适而言，可谓诗中别调。

田家春望

此诗是诗人早年在宋州生活期间所作，寄托了怀才不遇的愤懑之感。

出门何所见，春色满平芜。
可叹无知己，高阳一酒徒。

出门何所见，春色满平芜——平芜：平原旷野。江淹《郊外望秋答殷博士》："青满平地芜。"这两句一问一答，写诗人出门之后放眼远望，但见满目平川，芳草如茵，春意正浓。

可叹无知己，高阳一酒徒——知己：《战国策·赵策》："豫让遁逃山中，曰：'士为知己者死，吾其报知氏（知伯）之雠矣。'""高阳"句：《史记·郦生陆贾列传》："郦生（食其）踵军门上谒……沛公曰：'为我谢之，言我方以天下为事，未暇见儒人也。'郦生瞋目案剑叱使者曰：'走复入言沛公，吾高阳酒徒也，非儒人也。'……沛公曰：'延客入。'……问所以取天下者。""一酒徒"，《全唐诗》作"忆酒徒"，非是。这两句诗人感叹空有抱负而憾无知己，遂自比于战国时期的郦食其，表达强烈的怀才不遇之感。

此诗形似五绝，其实是一首短古诗，语短而意长。诗的头两句写景，后两句抒情。开篇的"何所见"，劈头而来，看似没有来由，也缺乏铺垫，给人以突兀之感；但正是如此，才给人以愤懑深广之感，也说明诗人在抑郁愤激之中而作此诗，以至于虽面对大好的春色，诗人不仅没有赏春之情致，甚至无法掩饰内心的愤激不平之气，使整首诗弥漫着诗人愤懑的情绪。"何所见"三字，语虽平易，但颇能传诗人放眼远望时内心愤懑不平之情。此诗在抒情方法上，以平芜之广大旷远反衬个人之孤独渺小，将两者极端化，与陈子昂《登幽州台歌》中"念天地之悠悠，独怆然而泣下"二句，以悠悠天地反衬个人，以及柳宗元《江雪》中"千山鸟飞绝，万径人踪灭。孤舟蓑笠翁，独钓寒江雪"，将钓翁放置于白雪皑皑的天地间加以反衬以突出其孤傲之情怀，可谓有异曲同工之妙；正是如此，诗人怀才不遇之感才更显强烈。

效古赠崔二

效古：即拟古，仿效古诗。崔二：不详。高适另有《和崔二少府登楚丘城作》。此诗约为高适北游燕赵时作。诗写权贵显宦纸醉金迷的生活，及怀才不遇者沦落困踬于草野的社会不公平现象，表达了诗人的内心愤慨。

十月河洲时，一看有归思。

风飙生惨烈,雨雪暗天地。
　　我辈今胡为?浩哉迷所至。
　　缅怀当途者,济济居声位。
　　邈然在云霄,宁肯更沦踬。
　　周旋多燕乐,门馆列车骑。
　　美人芙蓉姿,狭室兰麝气。
　　金炉陈兽炭,谈笑正得意。
　　岂论草泽中,有此枯槁士?
　　我惭经济策,久欲甘弃置。
　　君负纵横才,如何尚颠顿。
　　长歌增郁怏,对酒不能醉。
　　穷达自有时,夫子莫下泪。

　　十月河洲时,一看有归思。风飙生惨烈,雨雪暗天地。我辈今胡为?浩哉迷所至——河洲:四面环水的陆地。《诗经·周南·关雎》:"关关雎鸠,在河之洲。"风飙(biāo):暴风。惨烈:凛冽的寒气。我辈:指高适与崔二等仕途坎坷的士人。胡为:何为。浩哉:浩淼广大貌。迷所至:迷惘不知所在。六句写北国十月,寒风凛冽,雨雪苍茫,弥塞四野。河水已无悠然之势,薄薄的冰凌固结着河面。我们这些为求仕而四处奔波的游子终日行色匆匆,忙而不知所为,仕路又在何方?

　　缅怀当途者,济济居声位。邈然在云霄,宁肯更沦踬——缅怀:遥想。当途者:在朝当权者。济济:人才繁盛貌。声位:声望地位。邈然:高远难以目及。云霄:喻指官位高不可及。宁肯:岂肯。沦踬:沉沦淹蹇。踬,绊倒。四句写遥想那些济济于朝廷作威作福的当权显贵们,他们身居高位,声势显赫,谄谀围拱,颐指气使,哪里会有淹蹇沉沦的体验呢?

　　周旋多燕乐,门馆列车骑。美人芙蓉姿,狭室兰麝气——周旋:来往应酬。燕乐:歌舞酒宴。燕,同宴。芙蓉姿:喻指女子美如出水芙蓉,明艳窈窕。狭室:内室。兰麝气:馨香馥郁。兰,兰草,一种香草;麝,麝香。四句写达官显宦们终日应酬于笙歌燕舞、花天酒地间,过着纸醉金迷的生活,享受人间荣华富贵,而攀附求谒者又云集围拱于宅门前,等待当权者能纡尊屈贵、垂恩赐惠于己。后宅美女如云,个个仙姿逸态,美艳如出水芙蓉。居室椒兰麝香,脂云腻粉，如仙宫天阙。

金炉陈兽炭，谈笑正得意。岂论草泽中，有此枯槁士——金炉：铜火炉。兽炭：调和炭屑焙制而成的形如兽的烧炭。《晋书·羊祜传》："（羊）祜性豪侈，费用无复齐限，而屑炭和作兽形以温酒，洛下豪贵咸竞效之。"草泽：江湖草野，指布衣身处之地。枯槁士：形容憔悴，仕途不遇的士人。四句写当权者穷奢极欲，荒糜无度，家宅取暖用的铜火炉，玲珑端巧，价值可观，并以专门调和的炭屑精制成兽形作为烧炭。权贵们围炉谈笑，觥筹交错，山珍海味也食之平淡。哪里会想到风雨凄凄、寒凉贫瘠的草泽间，那些握瑾怀瑜、志在青霄的鸿鹄之士，正憔悴顾颔，垂翅一时，没有万里可乘之风，只得蹭蹬草泽。

我惭经济策，久欲甘弃置。君负纵横才，如何尚顑颔——惭：愧对。经济策：经世治国的良策。甘：甘心，情愿。弃置：指不仕。负：担荷，拥有。纵横才：指有如战国纵横家可游说君主、树立霸业的政治才能。顑颔：同憔悴。四句写高适自惭少经国安邦、经世致用的廊庙才，早就想甘于贫困，隐遁于草野（按此处为高适的自谦之词），而崔二身怀平治天下的雄心抱负，兼具纵横捭阖、驰骋于君主之间的韬略胆识，为何也憔悴流落于江湖，英雄而无用武之地？

长歌增郁怏，对酒不能醉。穷达自有时，夫子莫下泪——长歌：悲歌。郁怏：郁闷不释的怨尤。穷达：穷，谓困顿；达谓通达。四句写长歌当哭不平之遇，但增郁闷苦恼，愁肠满腹，面对美酒，也无心畅饮。人一生穷达际遇但有时运，不如将悠悠身世聊付东流水，随缘消岁月，何必长吁短叹行路难，弹铗悲去来。

【新评】

前六句描写北国寒冬风雪，借以表达身世如浮萍、老大蹉跎的凄凉心绪。"我辈"二句以设问句式写自己的走投无路和栖惶无助，道出封建社会沉沦下僚、怀才不遇的知识分子痛苦心声和他们的悲惨遭遇。八到十六句写当朝权贵作威作福，奢侈糜烂的生活。后段写真正廊庙才士却落魄困踬，抱负难施。诗以鲜明的对比手法，反映社会用人制度的不公平。诗为古体，不求辞藻的华美踵饰，而重在抒发饱满丰沛、淋漓酣畅的情感。全诗形式灵活，舒展自如，并以情感来统驭，有一气呵出之感。

淇上酬薛三据兼寄郭少府微

【题解】

淇上：淇水，古时为黄河支流，今流经河南省淇县、林县，至卫州卫县（今河南淇县)入黄河。淇上,犹言淇水岸。薛三据:薛据,《唐才子传》卷二:"据,荆南人,开元十九年王维榜进士。天宝六年,又中风雅古调科第一人,于吏部参选,据自恃才名,请受万年录事,流外官诉宰执,以为赤县是某等清要,据无媒,改涉县令。后仕历司议郎,终水部郎中。据为人骨鲠,有气魄,文章亦然。"三,指薛据行第排位为三,即连其从祖或曾祖的兄弟按年龄排行数。郭微:不详。祖咏有《家园夜坐寄郭微》诗。少府:县尉的别称。此诗作于诗人游燕赵南归淇上隐居躬耕时。诗追述十几年以来的人生经历,兼寄仕途失意的感慨。

自从别京华,我心乃萧索,
十年守章句,万事空寥落。
北上登蓟门,茫茫见沙漠。
倚剑对风尘,慨然思卫霍。
拂衣去燕赵,驱马怅不乐。
天长沧州路,日暮邯郸郭。
酒肆或淹留,渔潭屡栖泊。
独行备艰险,所见穷善恶。
永愿拯刍荛,孰云干鼎镬。
皇情念淳古,时俗何浮薄。
理道资任贤,安人在求瘼。
故交负灵奇,逸气抱謇谔。
隐轸经济具,纵横建安作。
才望忽先鸣,风期无宿诺。
飘飖劳州县,迢递限言谑。
东驰眇贝丘,西顾弥虢略。
淇水徒自流,浮云不堪托。
吾谋适可用,天路岂寥廓。
不然买山田,一身与耕凿。
且欲同鹪鹩,焉能志鸿鹄。

自从别京华,我心乃萧索,十年守章句,万事空寥落——京华:京都长安。

萧索：苍凉落寞。章句：分析古书的章节句读。《汉书·夏侯胜传》："建所谓章句小儒，破碎大道。"与能析微阐理的经传之学相对。按：高适所学较广泛，并非拘于章句之学。寥落：寂静空落，此处指一事无成。四句写诗人二十岁时西游长安，雄姿英发，干谒诸侯显宦。叹知音寥落，求仕不成，又离开京都，东去梁宋，内心颇感苍凉寂寞。十年寒窗，经史子集遍披，兵法用武之道与闻，十年磨一剑，以求一朝鸿鹄展翅，飞黄腾达，而依然辛酸碰壁，淹蹇于穷途。

北上登蓟门，茫茫见沙漠。倚剑对风尘，慨然思卫霍——北上：指诗人客居梁宋后北游燕赵的两年生活。卫霍：指汉代名将卫青、霍去病。卫青，拜为大将军，曾七击匈奴，战功卓著。霍去病，见《蓟门五首》之一注。四句写诗人北游燕赵两年，欲以从戎入幕走仕途之路，依然落寞失意。诗人独立沙漠，仗剑徘徊，念天地之苍茫辽远，感生不逢时、怀才不遇之悲凄，杳然思慕起汉之大将军、骠骑将军，能奋勇战场，杀敌立千古功勋。

拂衣去燕赵，驱马怅不乐。天长沧州路，日暮邯郸郭。酒肆或淹留，渔潭屡栖泊——拂衣：振衣襟以拂尘，指将出行。去：离开。沧州：地名，今河北沧县东南，与下句邯郸，均为高适北游燕赵途经之地。酒肆：酒店。淹留：滞留。栖泊：栖息停泊。六句写于燕赵入幕不成，诗人挥剑策马，怅然离去，一路悲歌慷慨，孑然前行，暮宿客舍，日长赶路。偶或于酒店放纵忘情，醉饮酩酊一番，抑或偃蹇湖潭，栖息洲渚。

独行备艰险，所见穷善恶。永愿拯刍荛，孰云干鼎镬——备：齐，尽。穷：尽。刍荛（chúráo）：本指割草打柴的樵夫，此处泛指天下苍生。干：犯。鼎镬：古之用于烹煮罪人的刑具，此处指刑律。四句写诗人孑然独行，千里跋涉，备尝路途艰辛，一路风尘仆仆，阅尽人间万象，真假是非，善恶美丑，诗人眼界开阔，见识亦日渐深沉成熟。民间的不平等，人世的沧桑炎凉，蝇营狗苟，使诗人良知良觉、拯救苍生的大悲愿日见亟切、沉重。直言敢谏，斥责奸险，济危除恶，诗人自觉责无旁贷，即使直面作奸犯科的贪官佞臣，诗人亦不惧鼎镬之威，为民请愿，粉身碎骨亦何辞？

皇情念淳古，时俗何浮薄。理道资任贤，安人在求瘼——皇：指天子。念：追慕。淳古：指民风淳朴粹美的上古时期。浮薄：浮躁浇薄。理道：治道。"治"为避唐高宗李治之讳。资：凭借。瘼：病，指民间疾苦。四句写圣朝皇帝追慕上古时代人心淳朴粹美，感念当时人心不古，世情浇薄，欲求返回人性的真善美，使民风淳厚质诚。治世之道需有股肱良才，安邦之术在了解民间疾苦。

故交负灵奇，逸气抱謇谔，隐轸经济具，纵横建安作。才望忽先鸣，风期无宿诺——故交：旧友，指薛据。负：怀有。灵奇：灵思奇气。逸气：与众不同的气质。謇谔(jiǎn'è)：或作謇愕，正直。隐轸：繁盛貌。经济具：经世致用的才具。纵横：驰骋开合，洋洋洒洒。建安作：具有建安风骨的作品，称指薛据的诗文。建安是汉献帝年号（196—219），其时文坛以曹操父子为中心，并有建安七子环拱，形成慷慨悲凉的文学风格。初唐诗人陈子昂力举建安风骨，以扫靡六朝以来的雕缛繁丽、内容空洞的诗坛习气。才望：为人看重、钦服的才华。先鸣：早就著称于世。风期：犹风信，风应花季而来，吹花成春，风与花有默然之诺。无宿诺：《论语·颜渊》："子路无宿诺。"指许诺必及时承诺，不等到第二天。六句写薛据灵气逼人，颖秀天成，高情逸态，气宇不凡。他正派耿直，并有经世致用、佐理政务的廊庙才具，文章则兼有词采华茂、慷慨悲凉的建安风骨。其才华横溢早就著称于世，为人瞻仰崇慕，其重然诺，一言九鼎的君子风度亦颇为人所称。

飘飖劳州县，迢递限言谑。东驰眇贝丘，西顾弥虢略。淇水徒自流，浮云不堪托——飘飖：漂泊不定。州县：代指州县政务公事。迢递：遥远。限：阻止。言谑(xuè)：玩笑调侃。此处指无拘无束的谈笑。眇：同"渺"，远。驰：犹"望"，与后句"顾"为互文。贝丘：春秋时齐国地名，在今山东博兴县南。弥：远至。虢略：春秋时虢国的边界地，在今河南嵩县西北。托：托付之以传情达意。六句写薛据终日劳于官吏政务，漂泊不定，居无定处。诗人与之相隔遥远，不能日日促膝相对，谈笑风生。走马淇上，东望贝丘渺渺，西顾虢略茫茫，思念之情弥漫天宇。淇水激荡着水涡呜呜向前，只知低回于自己的故土留恋，不问诗人绸缪缱绻。浮云兀自徜徉在旷宇里浏览锦山秀水，哪管诗人欲寄相思，冀传情义？

吾谋适可用，天路岂寥廓。不然买山田，一身与耕凿。且欲同鹪鹩，焉能志鸿鹄——"吾谋"句：我有可以安济天下的谋略。《左传·文公十三年》："吾谋适不用也。"吾，指诗人自己。适：正。天路：谓仕途。寥廓：渺远。与：参与，从事。耕凿：隐逸躬耕的生活。《击壤歌》云："凿井而饮，耕田而食。"（王充《论衡·艺增》）鹪鹩：小鸟名。《庄子·逍遥游》："鹪鹩巢于深林，不过一枝。"此处谓安守贫穷孤陋。鸿鹄：天鹅。鸿鹄可一飞冲天，直上云霄。常以喻志向高远。六句写诗人胸有宏谟，可为世所用。设若仕路遥不可及，就将退隐山林，躬耕田园，学鹪鹩但栖一枝，无欲无求，恬漠平淡，何必如鸿鹄冲霄干云，求飞黄腾达呢？

诗前半部分为诗人自述别京华后的求宦经历，及路途所见给诗人以世事洞察思索及对治国安邦之术的认知。后接写诗人对好友薛据的思念之情和对其文章、经世才华的赞美。最后写诗人自负才学,又愿求退隐、恬淡自适的无奈。诗人仕途失意,入幕无门,拯济苍生、济世致用的鸿鹄之志难以施展,故而悲愤落寞、醉酒长歌。全诗着重抒发的就是这种忧济天下却怀才不遇的精神苦闷。全诗二十韵四十句,以仄声一韵到底,韵律的沉郁顿挫、重仄收敛,与诗人苍凉郁闷、暗淡低沉的心态关合如扣,而仄声韵的顿挫饱满、有力而非舒缓纤弱,也与诗中掩不住的那种豪宕豁落、无所畏惧的青春朝气有声气相求之效,读之悲凉惆怅中又给人慷慨振发之感。登临有感,睹物伤情,是汉魏古诗的特点。语言朴茂浑涵,古淡天成,情思浓郁,悲凉慷慨,深厚婉转,也是汉魏古诗最突出的风格,高适借鉴其特点,又增加了唐人的激昂豪迈、俊爽明快,故而全诗沉雄悲壮,极为厚重。

淇上别业

题解

淇上:见前诗注。别业:即别墅,乡间居所。此诗写作时间约在前诗之后。高适隐居淇上二年,筑有别业。从《淇上酬薛三据兼寄郭少府微送魏八》诗中"不然买山田,一身与耕凿"亦可知,诗写田园乡居之乐。"秋菜",一作"秋果"。

依依西山下,别业桑林边。
庭鸭喜多雨,邻鸡知暮天。
野人种秋菜,古老开原田。
且向世情远,吾今聊自然。

新解

依依西山下,别业桑林边——依依:依恋不舍的样子,言别业傍西山而筑。西山:见前《邯郸少年行》注。二句描绘别业所处的地理环境:别业背依郁郁青青的西山,旁边是莽莽荡荡的桑林,开窗有可仰止的高山,栖迟有秀色可餐的绿野。淇水微波荡漾可以濯足,可以放旷,山清水秀,风光旖旎。

庭鸭喜多雨,邻鸡知暮天——二句写庭院中饲养有成群结队的鸭子,但遇雨天,呼朋唤友,争先恐后地扑向坑坑洼洼的水塘。邻家公鸡、母鸡,还有叽叽喳喳离不开母亲的小鸡颇识"时务",日落西山,也会你前我后从云深不知处觅食归来。

野人种秋菜,古老开原田——野人:农夫。古老:古朴的野老农夫。开原田:开荒拓田,耕种庄稼。二句写农夫忙着在野地里插苗撒籽以等秋天时收获菜蔬,皤鬓黄发的野老开拓着野山荒田。

且向世情远,吾今聊自然——且:暂且。世情:俗世人情世故,利欲追求。聊:暂且。自然:指老庄哲学所推崇的返璞归真,与天地自然同化合一的精神境界。二句写妩媚青山、明秀绿水和憨厚淳朴的邻居野老,使诗人暂且忘却了仕途功业的追求、命途多舛的忧闷,用一份恬静清明、淡薄无欲的心境面对大自然,在自然博大深永、睿智沉默的世界中消泯自我,暂息尘劳。

诗人北游归来,干谒不遂,曾经的苍凉风尘、仗剑悲歌化作一缕阴郁不散的愁云缭绕在诗人心头,久久不去,无可奈何暂归田园,耕种淇上,别业陋简,聊可栖身。邻人淳朴,"把酒话桑麻""言笑无厌时"。山青可盘桓,水秀可浮游,明月清风,披襟散发,古风逸态,聊可作羲皇时人欤?葛天氏之民欤?在真实纯粹、生机盎然的田园生活中,诗人舔抹着伤口,掸拂去阴云,让自己渐渐去融进那份灵秀生动的大自然中,暂息尘劳。这首诗简净素朴,有如一幅写意画,寥寥几笔即勾勒出粗落的线条,点洒着几抹灰淡朴素的颜色,清新可人,豁人耳目。语言素淡自然,尽弃铅华,读之却沁沁有真香。钟惺评其"喜字、知字妙于体物"(见《唐诗归》卷十二),甚是。高适诗多朴素浑涵,有句无字,此二字亦可见出其逸外之功。

苦雨寄房四昆季

苦雨:雨久下不绝,使人郁闷苦恼。昆季:兄弟。昆,兄;季,排行最后。这是一首赠寄诗。诗人感秋雨连绵而生发的无穷感慨。房四:一作房休,四,排行第四。"十月交",一作"十月郊"。

独坐见多雨,况兹兼索居。
茫茫十月交,穷阴千里余。
弥望无端倪,北风击林箊。
白日眇难睹,黄云争卷舒。
安得造化功,旷然一扫除。

滴沥檐宇愁,寥寥谈笑疏。
泥涂拥城郭,水潦盘丘墟。
惆怅闵田农,徘徊伤里闾;
曾是力井税,曷为无斗储?
万事切中怀,十年思上书,
君门嗟缅邈,身计念居诸。
沉吟顾草茅,郁怏任盈虚,
黄鹄不可美,鸡鸣时起予。
故人平台侧,高馆临通衢,
兄弟方荀陈,才华冠应徐。
弹棋自多暇,饮酒更何如。
知人想林宗,直道惭史鱼。
携手流风在,开襟鄙吝祛。
宁能访穷巷,相与对园蔬。

  独坐见多雨,况兹兼索居。茫茫十月交,穷阴千里余——索居:离群独居。茫茫:苍茫迷蒙貌。穷阴:阴云密布。四句写秋雨连绵,凄愁满布的天气,诗人离群索居,百无聊赖,尤感光景凄凉。十月之交,阴气肃杀,弥亘天宇,万里愁云,惨淡低垂。

  弥望无端倪,北风击林箊。白日眇难睹,黄云争卷舒。安得造化功,旷然一扫除——弥望:远望。端倪:边界。林箊(yú):竹名。白日:太阳。眇:同渺,幽远迷离。造化功:可氤氲化生万物的力量。旷然:清廓明透。六句写四野茫茫,浓荫不释,天阔地远,极目难及,北风凄厉地呼啸,摇撼摧折着竹林,黄云密布,卷舒驰骛,作尽凄风苦雨,太阳亦晦暗不明。如何才得由冥冥造化之功挥手涤荡尽这些黄云煞气,廓出人间清明、暖意。

  滴沥檐宇愁,寥寥谈笑疏。泥涂拥城郭,水潦盘丘墟——滴沥:雨落声。檐宇:房檐屋角。寥寥:形容稀落。疏:稀疏,少。泥涂:污泥。拥:积满。郭:外城,此处指城。丘:山丘。墟:墟落,村庄。四句写小雨淅淅沥沥,缠绵不绝,顺着屋檐而下滴,令人内心苦闷。而道路泥泞,城郭几成了烂泥潭,坑坑洼洼处积满了水潦,环拱于村庄周围。

  惆怅闵田农,徘徊伤里闾;曾是力井税,曷为无斗储——闵:忧虑。里闾:邻里居民。里、闾,古代二十五家为一里,或一闾。力:致力。井税:井田制的赋税。斗储:指微薄资产。四句写诗人感此连绵淫雨天,不禁忧虑起田家翁的年成不登以及里巷居民无以谋生的贫寒生活。他们勤勉事农,辛苦终年,而作业的结余仅够缴纳税收,家境无斗储之养以备天时之不虞。

万事切中怀,十年思上书,君门嗟缅邈,身计念居诸——切:中,合于。嗟:叹。缅邈:深远。缅,远。居诸:日月,指岁月流逝。《诗经·邶风·日月》:"日居月诸。""居诸"代指日月。四句写国事、天下事郁结于心,让人牵肠挂肚,沉吟徘徊,心存忧济之志,腹有治国宏谟,怎奈君门遥深,龙颜难见。念岁月悠悠,时不我待,空令光阴蹉跎,壮志难酬。

沉吟顾草茅,郁怏任盈虚,黄鹄不可羡,鸡鸣时起予——沉吟:低吟而有沉深之思。顾:视。草茅:草屋。郁怏:心中不快。盈虚:事物的消长盈亏,此处指人生的得失成败。黄鹄:即鸿鹄。鸿鹄志在青云,腾达一举可即。鸡鸣句:用西晋祖逖闻鸡起舞的典故,谓自己当奋发磨砺,自强不息。《晋书·祖逖传》:"(逖)与司空刘琨,俱为司州主簿,情好绸缪,共被同寝。中夜闻荒鸡之声,蹴琨觉,曰:'此非恶声也。'因起舞。"四句写诗人忧济天下,沉吟家国,万方纷纭在目,却无才华遍施之机,诗人不禁感慨良深,心有郁结。环顾草屋,蓬门荜户,聊以栖身养志,穷达出处、得失成败,何必锱铢计较,亟亟渴渴?但随缘任运,一付自然吧。黄鹄之志,志在千里,其垂耀之功可叹,但又何必惊羡亟求,当如西晋祖逖闻鸡起舞,自我砥砺,奋发图强。

故人平台侧,高馆临通衢,兄弟方荀陈,才华冠应徐,弹棋自多暇,饮酒更何如——故人:指房四。平台:是西汉梁孝王于其兔苑内所筑的用以览眺的高台。《水经注》二十四《睢水》:"如淳曰:平台,离宫所在。今城东二十里有台,宽广而不甚极高,俗谓之平台。……梁王与邹、枚、司马相如之徒,极游其上。"故址在今河南商丘县东北,为战国宋的都城。高馆:高堂,此处指房四的住宅。通衢:四通八达的道路。方:效比,犹如。荀陈:荀,指东汉荀爽兄弟。《后汉书·荀淑传》:"有子八人:俭、绲、靖、焘、汪、爽、肃、专,并有名称,时人谓'八龙'。""爽字慈明,一名谞,幼而好学,能通《春秋》《论语》,为之语曰:荀氏八龙,慈明无双。"陈,指陈纪、陈谌兄弟,东汉颍川人。《后汉书·陈寔传》:"有六子,纪、谌最贤。"又曰:"纪字元方,亦以至德称,兄弟孝养,闺门雍和,后进之士皆推慕其风,及遭党锢,发愤著书数万言,号曰《陈子》。党禁解,四府并命,无所屈就。……弟谌,字季方,与纪齐德同行。"冠:胜过。应徐:指三国应场、徐幹。应场,字德琏,汝南(今河南恩县)人,曹操辟为丞相掾属(秘书),转为平原侯庶子,后为五官将文学,以文学著名,为建安七子之一。徐幹,字伟长，北海（今山东潍坊市西南）人，为曹操司空军谋祭酒掾属，转五官将文学，亦为建安七子之一。曹丕《与吴质书》："伟长独怀文抱质，恬淡寡欲，有箕山之志，可谓彬彬君子者矣。著《中论》二十余篇……辞义典雅，足传于后；此子为不朽矣。德琏常斐然有述作之意，其才学足以著书；美志不遂，良可痛惜。"弹棋：见前《别韦参军》注。六句写房四兄弟并有名德，可方比东汉荀爽、陈纪兄弟，其词采华茂，才气横溢，冠绝三国应玚、徐幹。闲逸潇洒，优游弹棋，饮酒酩酊，恣意放纵。

知人想林宗，直道惭史鱼。携手流风在，开襟鄙吝祛。宁能访穷巷，相与对园蔬——林宗：指东汉末郭泰（太），字林宗，为其时士林领袖。《后汉书·郭太传》说他："性明知人，好奖训士类，……其奖拔士人，皆如所鉴。"直道：梗直而不苟且、委曲。史鱼：春秋卫国大夫，名鰌，字子鱼。卫灵公不用蘧伯玉，而任弥子瑕，史鱼自以为不能进贤退不肖，便以死谏。孔子曾称赞他："直哉史鱼！邦有道如矢，邦无道如矢。"（《论语·卫灵公》）流风：高风流播。开襟：敞开胸怀。鄙吝：吝爱贪婪之心。《后汉书·黄宪传》："同郡陈蕃、周举常相谓曰：'时月之间不见黄生，则鄙吝之萌，复存乎心。'"祛（qū）：去除。宁：但愿。穷巷：高适自谓所居。六句写房四兄弟识鉴深明，知人有度，并善于提掖后辈，如为士林拥戴的东汉郭林宗。直道而行，决不苟且，使以骨鲠气节而名垂青史的史鱼也自愧弗如。兄弟携手以游，犹似有古人风致，开襟畅谈，使近之者如沐春风，使人贪鄙嗔恨之心净除。但愿房四兄弟良日造访深巷贫居，把酒对园蔬，开怀以清谈，岂不乐哉？

新评

这是一首呈请之作。诗前段描写凄风苦雨、愁云惨淡及带来的郁闷低迷情绪。中段写因这种恶劣天气而悯惜农人的生产难继，贫困潦倒，以及诗人志在兼济，经国安邦，却徒叹岁月流逝，功业难成，并诗人聊以慰藉、自我砥砺的勉语。后段转至赠寄，赞美房四兄弟德修质美，文才华茂的彬彬君子风范，以及不慕显贵而淡泊自适的芝兰之行，诗人倾慕已久，但望再睹风流，把酒话田园。寄身梁宋，隐居田园，实在是诗人无可奈何而聊以安身立命的权宜之策，诗人无时无刻不在忧叹着功业的难成、淹蹇沉沦的焦灼痛苦。诗人功名心也重，却非只计个人名达利禄，其建功立业、拯济苍生、治国平天下的雄心抱负、深沉的悲悯情怀则是更夯实得根本而深厚。盛唐诗人游学四方，遍览名山大川，也直接观察了解着下层民众的疾苦，他们在诗中哼唱着青春的伤感和仕途沉浮的苦闷，却不忘记叙那些贫困无依却又质朴淳厚的下层民众，他们将这种忧患意识与自己的功业建立紧密结合起来,真诚又烂漫地勾画着自己的功业蓝图。李白、王昌龄、王维、高适等都做到了这一点。高适五十岁前一直沉沦于下僚,蹀躞江湖,使他更直接贴近下层人民,他的诗中不少反映他们的忧苦生活和内心呼喊,即扩展丰富了高适诗歌题材,也注入深沉博大的思想内容。而高适这种悲怀非造作虚饰的诗情,他的内心的光风霁月、落拓坦荡和率性任真,使他不屑于矫情地呻吟,也未曾以此照镜自美,他视野所及的民物风情无不饱蘸着经过他的浓染淡抹、化合催生而熬出的浓浓情感,故感慨深沉而能打动人心。

送魏八

【题解】

魏八:不详。从诗的内容看,当作于淇上隐居时。诗写送别依依不舍之情。

更沽淇上酒,还泛驿前舟。
为惜故人去,复怜嘶马愁。
云山行处合,风雨兴中秋。
此路无知己,明珠莫暗投。

更沽淇上酒,还泛驿前舟。为惜故人去,复怜嘶马愁——更:再。沽(gū)酒:买酒。驿:驿馆,古代官府所置的为行人休息的旅舍。惜:惜别。四句写友人将远行千里,游宦四方,前程艰辛自不待说,仕途有寄亦在渺茫。诗人买酒饯行,远送于野,歧路相对,留恋依依。行行重行行,长亭更短亭,诗人目送征人缥缈远去,亦黯然神伤,胯下的骏马如知人意,萧萧嘶鸣,愁煞苍茫天宇。

云山行处合,风雨兴中秋。此路无知己,明珠莫暗投——合:笼罩,弥漫。兴(xìng):读去声,运作,鼓荡。"兴中"与上句"行处"相对。明珠句:谓入仕求宦须择才贤德厚者以投刺。《汉书·邹阳传》:"臣闻明月之珠,夜光之璧,以暗投人于道,众莫不按剑相眄者,何则?无因而至前也。"四句写驻马踟蹰,瞻望友人身影如飘渺孤鸿在云山雾海弥漫的山头时隐时现,风雨凄凄,阴云惨烈,在天宇间鼓荡着萧索肃杀之气。诗人担忧好友路无知己以荐于当权者,劝诫友人不要急于求售,以免明珠暗投,贻误前程。

此诗写送别,绸缪缱绻,深情款款,颇耐人寻味。首二句一"更"字、一"还"字,将送行的依依留别状带出,对仗也工匀,反复吟唱,加重了情感的深度。三、四句借马愁写己意。五六句描景达情,情景交融,环境氛围的渲染与情感的凄迷悲飒交织互荡,言有尽而意无穷。高适诗不太善于以景传情,情绪的突发驰骛使他来不及投注、移情于周围的环境上,情感多与景物意象分离,景是眼前景,情是当下情,二者难以妙合生发出一种玲珑生动、情景交融的意境,即使偶有交叉互渗,也是不自觉的。这是由高适的性格、情性和艺术功底造成的,但也形成高适诗的朴茂浑涵、情感跌宕、荡气回肠的风格特征。此诗二句景物描写则恰当地掌握了情、景的交合点,情以景寄,二者达到妙合无垠之境。

送李少府贬峡中王少府贬长沙

李少府:不详。高适另有《途中酬李少府赠别之作》,或为同一人。《途中》诗中提及李少府"官谤复迍邅"。李少府之贬或因"官谤"而起。少府,县尉的别称,辅佐县令处理吏事。峡中:长江三峡地区。王少府:不详。长沙:郡名。治所在长沙县(今湖南长沙)。二友贬谪南蛮僻野地,诗人赠别以寄,安慰友人。

　　嗟君此别意何如?驻足衔杯问谪居。
　　巫峡啼猿数行泪,衡阳归雁几封书。
　　青枫江上秋天远,白帝城边古木疏。
　　圣代即今多雨露,暂时分手莫踟蹰。

嗟君此别意何如?驻足衔杯问谪居——嗟:叹。意何如:心情如何。衔杯:饮酒,指为二君饯行。此二句为倒装句,点明诗旨,并点题,写送君长亭,驻马置酒饯行,二友贬谪蛮荒僻地,征程无期,山重水复,大家相对默然,千言万语,欲语还休,但举杯致意,以酒祝福。

巫峡啼猿数行泪,衡阳归雁几封书。青枫江上秋天远,白帝城边古木疏——巫峡:《水经注·江水注》言巫峡:"每至晴初霜旦,林寒涧肃,常有高猿长啸,属引凄异,空谷传响,哀转久绝。故渔者歌曰:'巴东三峡巫峡长,猿鸣三声泪沾裳。'"衡阳归雁:衡阳县有回雁峰,为衡山七十二峰之首,相传雁飞至此不再前行,遇春再北回。几封书:《汉书·苏武传》言苏武出使匈奴,被拘羁于北海牧羝,汉朝求武,匈奴诡称苏武已死,后汉使谎言汉天子射猎上林苑,得一北来雁,足有系帛书,而知武未死,武得归汉朝。此处用其事言音信难通。青枫江:指浏水(今湖南浏阳河)一段。《大清一统志》卷二七六载:"浏水经浏阳县西南三十五里,曰青枫浦,折而西入长沙县。"秋天远:秋空旷远清明,此处写王少府将贬的长沙之景。白帝城:《元和郡县志》:"白帝山,即州城所据,与赤甲山相接。公孙述时,殿前井有白龙出,因号此山为白帝山,城为白帝城。在四川奉节县东十三里。"此处写李少府将经行的三峡之景。四句写李少府去峡中将过巫峡,传说巫峡猿声悲戚,令人潸然泪下。北来鸿雁止于衡阳,尚知南行多艰,一年一度,春来北归,鸿雁又能传几封家书。与王少府天隔杳渺,相见很难,诗人但想像王少府到长沙时当是秋高气爽之时,青枫江空明旷远,水天一色,而李少府流落的三峡,白帝城边当也古木参天,枝叶扶疏。

圣代即今多雨露,暂时分手莫踌躇——圣代:当今盛唐。多雨露:指皇恩遍被。二句写圣朝天子惠爱臣民,忧劳天下,恩泽遍被,不计亲疏远近。二友将去的四夷蛮荒,亦沾其雨露滋润,故不必因短暂的贬谪而颓唐沮丧。

新评

这是一首送别诗。二友将贬谪蛮荒地,诗人驻马衔杯为之饯行。诗写临行劝勉兼抚慰,情深意长。首句开门见山,点破诗题,如提纲挈领,振起诗之主旨。问句的用法,亲切而入微至隐。中间四句借故实,写离别之苦和相思之情,用想像描写两地风光,四个地名联用错综变换,对仗匀整。五六句笔致疏阔而境界顿出,景物的沧桑萧疏、清旷开阔与情感较为融合。后二句雨露之意,就送别着笔,劝慰友人。纪昀评:"通体清老,结更和平不逼。"(同上)《唐诗鼓吹》卷二朱三锡评:"始终以君臣大义相勉,最为得体。"

夜别韦司士

题解

一本题中有"得诚字"。韦司士:不详。司士:职官名。唐州郡有司士参军,佐刺史处理吏事。从诗中的两个地名可知此诗约作于隐居淇上时。诗为酬酢唱和的送别诗。诗人反复以写景来表惜别意,格调颇昂扬。

高馆张灯酒复清,夜钟残月雁归声。
只言啼鸟堪求侣,无那春风欲送行。
黄河曲里沙为岸,白马津边柳向城。
莫怨他乡暂离别,知君到处有逢迎。

【新解】

高馆张灯酒复清,夜钟残月雁归声——二句写高堂华屋,宾朋满座,大家济济一堂,张灯置酒为友人钱行,直到月残星稀时。金樽清酒,醉中饮别,人生如寄,本是聚少离多。

只言啼鸟堪求侣,无那春风欲送行——堪:能。啼鸟求侣:《诗经·小雅·伐木》:"伐木丁丁,鸟鸣嘤嘤。出自幽谷,迁于乔木。嘤其鸣矣,求其友声。相彼鸟矣,犹求友声。矧伊人矣,不求友生。"朱熹注:"言鸟之求友,遂以鸟之求友喻人之不可无友也。"无那:无奈。二句写鸟鸣嘤嘤,尚知呼朋唤友,引聚同类,怎耐春风无情,已鼓胀起征帆,兰舟催发。

黄河曲里沙为岸,白马津边柳向城——黄河曲:黄河河道曲折处。《尔雅·释水》:"河百里一小曲,千里一曲一直。"淇水流至唐卫州卫县(今河南淇县)而折入黄河,即诗之黄河曲。白马津:古黄河一重要津口,今已湮没不存。在今河南滑县北,离淇水口很近,两个地名均指高适送行处。柳向城:谓送别之地有柳树,傍城而植,古人有折柳送行之旧俗。此处暗点。二句写送别处之风物景色。淇水洋洋,必有朝宗之势,入于黄河而成大江流,沙岸连绵,远接海天,苍茫物外,荡人愁思。白马渡口,垂柳依依,柳不堪折,难胜离情。

莫怨他乡暂离别,知君到处有逢迎——逢迎:接待。二句为劝慰友人莫悲离别,莫愁前路,他乡作客,不过暂时离别。君千里有逢迎,知朋遍四海,不必叹息旅途孤单寂寞。

此诗为送别赠寄,也是唱和酬酢体。前二句首句写高馆钱行之高兴,后句用残月哀雁的凄清之景,暗寓酒阑灯烬而送行之人犹恋恋不舍,不愿罢宴,一扬一抑,一明一暗。三四句写啼鸟求侣,而春风催行,一正一反,一顿一挫,风致翩翩。五六句写送行处景物,沙岸苍茫迷离与杨柳之依依,暗写诗人的牵挂留恋。结句与《别董大》"莫愁前路无知己,天下谁人不识君"相似。全诗感情深潜不露,而借助丰富的意象,或寓或比,或直描或渲染来丝丝生发,摇曳而出。全诗对仗工整,韵律抑扬,气势开合,意象多层,气格健举,意蕴深厚,颇耐人咀嚼。

闲　居

【题解】

此诗写隐居生活的百无聊赖之状,暗示出对仕途无着而节物暗换的焦虑。具体写作时间无考,姑系于此。

柳色惊心事,春风厌索居。
方知一杯酒,犹胜百家书。

【新解】

柳色惊心事,春风厌索居。方知一杯酒,犹胜百家书——厌:厌倦。索居:离群居住。百家书:诸子百家之书。诗写冬去春来,万物复苏,春阳融融,柳树千条万条茸茸,像舞女拖曳着长裙在春风中播散着绿。绿——春天的颜色,使蛰伏田园的诗人,在经过灰色苦冬的熬煎后,有触目惊心的眩惑感。春色撩人愁思,也煽起诗人潜隐的心事。索居草野,百无聊赖,浅酌一杯酒,逍遥如神仙,方知圣贤百家书不过如覆瓿(腌咸菜的土罐子)。

【新评】

诗写绿色惊心事,诗人欲有奋发有为之志,而仕途杳如在水一方的佳人缥缈迷离,又使诗人望而畏却,姑且得过且过,借酒浇愁,以忘却烦恼。全诗仅二十个字,前抑后扬,一缓一促,颇见顿挫之调。一"惊"字、一"厌"字,用力不凡,振起平庸。后句笔致更见潇洒不羁,豪迈任气,是传统人生所束不住者。

自淇涉黄河途中作十二首(选三)

【题解】

高适隐居淇上时,曾乘舟沿黄河河道游览沿岸各地。全诗十二首记录了他沿途所见所感,内容非常丰富,有怀古感今,有思乡情愁,有功业难成的抒发,有描写农夫、渔夫的生活,有描写两岸风物,表现出高适较广阔的关注视角。一作十三首,多《皤皤河滨叟》一首,今选其中三首。

其 一

川上常极目,世情今已闲,
去帆带落日,征路随长山。
亲友若云霄,可望不可攀,
于兹任所适,浩荡风波间。

川上常极目,世情今已闲,去帆带落日,征路随长山——川:指淇水。极目:尽目力所及远眺。世情:人情世故。闲:淡,疏隔。随:按,沿着。长山:绵延很远的山脉。四句写沿着淇水一路游览名山大川,淇水荡荡,奔流不息,一叶轻舟载沉载浮,顺流而下。极目所视,但见天高地远,白云悠悠,远处青山起伏盘绕如游龙,莽野一望无及,平展似青茵绿席,征帆挂着夕阳的余辉,像一条自由自在的游鱼,窜伏在水波间。诗人伫立船中,但感渺如微尘,随波浮游在无限旷宇中。功业的向往已淡漠,俗世人生的蝇营狗苟,早已疏隔,诗人难得有一份闲逸兴致泛舟淇上,聆听自然之清音。

亲友若云霄,可望不可攀,于兹任所适,浩荡风波间——若云霄:远在云霄之外,极言其远。兹:此。四句写亲朋好友远在天边,遥不可及,空有相思情愁,却难以谋面。人生不得意事常有八九,聊且徜徉于碧波间,享受清风明月,落霞与飞鸥。

其 九

朝从北岸来,泊船南河浒。
试共野人言,深觉农夫苦。
去秋虽薄熟,今夏犹未雨。
耕耘日勤劳,租税兼鸟卤。
园蔬空寥落,产业不足数。
尚有献芹心,无因见明主。

朝从北岸来,泊船南河浒。试共野人言,深觉农夫苦——泊船:停船靠岸。浒:水边。野人:村野农夫。四句写诗人顺淇水折入黄河,早晨沿着黄河北岸而来,泊船于水边,诗人上岸与耕作于田间的农夫搭讪,仔细地询问庄稼的收成,田赋租庸,及他们的生活状况,诗人深感农民生活的艰苦。

去秋虽薄熟,今夏犹未雨。耕耘日勤劳,租税兼卨卤——薄熟:谓略有收成。卨卤(xìlǔ):盐碱地。四句写老农说去年秋季庄稼虽稍有收成,聊可餬口;但今夏雨水少,田里庄稼蔫萎不振,虽终日耕种,却劳而无获,而官府收税连寸草不生的盐碱地也不放过。

园蔬空寥落,产业不足数。尚有献芹心,无因见明主——寥落:稀疏。不足数:不值得计算,谓少得可怜。献芹:《列子·杨朱篇》:"昔人有美戎菽、甘枲茎、芹萍子者,对乡豪称之。乡豪取而尝之,蜇于口,惨于腹,众哂而怨之,其人大惭。"后世以献芹喻敬效礼物或进呈忠言的谦辞。因:机会。四句写由农夫生活之艰辛,而思向明主建言,又因无由得进,而心绪茫然。

其十二

秋日登滑台,台高秋已暮。
独行既未惬,怀土怅无趣。
晋宋何萧条,羌胡散驰骛。
当时无战略,此地即边戍。
兵革徒自勤,山河孰云固?
乘闲喜临眺,感物伤游寓。
惆怅落日前,飘飖远帆处。
北风吹万里,南雁不知数。
归意方浩然,云沙更回互。

秋日登滑台,台高秋已暮。独行既未惬,怀土怅无趣——滑台:《元和郡县志》卷八:"滑州州城,即古滑台城……昔滑氏为垒,后人增以为城,甚高峻坚险,临河亦有台。"四句写登临古滑台,但见四野衰草连天,木叶凋零,苍白肃杀之气笼罩着天宇,已是暮秋时节了。滑台孤零零地高耸在白草起伏的平野上,随风跌荡隐现,像一个习惯于历史风云变幻、狂澜淘洗的轻舟已忘宠辱。而自己独泛黄河,虽有山川秀色的饱餐,却难免触景生情,惆怅孤寂,怀念家乡。

晋宋何萧条,羌胡散驰骛。当时无战略,此地即边戍。兵革徒自勤,山河孰云固——晋宋：指西晋、东晋时五胡乱华及南朝刘宋朝与北边少数民族战乱频仍的年代。当时滑台为战略重镇，兵家纷争之地。萧条：谓国势虚弱衰败。羌胡：羌，为对西部少数民族的称呼；胡，为对北部少数民族的称呼。驰骛（wù）：散乱地奔驰追逐。战略：军事策略。边戍：指以滑台为边防戍守地。兵革：武器铠甲，此处指战争。徒：空。六句写滑台曾为两晋、刘宋朝与北边少数民族争战驰骛的军事要地。奈两晋时皇帝昏庸无能，大权旁落，国势微弱，民不聊生，致使五胡乱华，铁蹄肆意踩躏着北方大片土地。中原沦落，河山为之悲咽，天地因之变色。可叹当时没有能独当一面的明主、枭雄，能力挽狂澜，拯救中原，救人民于水深火热。他们手无长策以遏止羌胡的铁蹄长箭，只能节节退守，拱手相让，使河山沦陷，滑台竟成了边疆的戍守地。战争频仍，将士劳于出兵苦战，然而战功几何？东晋王朝狼狈逃窜江南，偏安一隅，苟延残喘；刘宋天下仅六十年，就都被历史车辙无情碾过，在黄泉苦思冥想，悔叹青春。

乘闲喜临眺，感物伤游寓。惆怅落日前，飘飘远帆处——游寓：指游踪不定，寓居他乡的羁旅生活。飘飘：动荡不定。四句写诗人闲来无事，登高临眺。独立高台，念宇宙无穷，浮生如寄，一种惆怅落寞、英雄失意的悲慨使诗人不禁怆然泣下。游宦多年，仕途不遇，使诗人如飘转的蓬草。夕阳酡红如醉，绽出一抹凄楚哀婉的微笑，沉沉睡去，一层迷离的水雾弥漫在诗人的眼里。诗人拾掇起伤感，游目于浊浪击空的黄河，几艘小舟在鼓胀的征帆导引中载沉载浮，飘摇不定。

北风吹万里，南雁不知数。归意方浩然，云沙更回互——南雁：南飞的鸿雁。浩然：充沛貌。回互：相互回合鼓荡。四句写北风浩荡，扫袭着莽莽平原，长空万里送着南飞的秋雁。归乡心切，望天宇云沙弥漫，回合游卷，与诗人的思乡情愁相互鼓荡着弥满弥盛。

所选第一首写淇水泛游，青山夹立，碧水送舟，诗人有暂卸束缚的轻松和快感，诗也明快，单纯简净。第二首反映农民生活的疾苦和官府苛捐杂税、厚敛滥施的社会现实，表现出诗人忧心国事、关切民生的朴素情感。第三首写登临之慨。触景生情而发思乡之离忧，论斥古事，而写怀古之幽情。诗人对历史的感慨和针砭亦映带出自己的怀才不遇、抱负无处施展的落寞和失意，故而笔致凝重，思致深沉。

燕歌行

题解

诗题下有并序:"开元二十六年,客有从元戎出塞而还者,作《燕歌行》以示适,感征戍之事,因而和焉。"此诗当作于高适西游长安时。燕歌行:乐府古题,属《乐府诗集·相和歌辞·平调曲》,内容多写征人久戍不归,闺中怨旷思念之意。《乐府歌辞》并引《广题》曰:"燕,地名也,言良人从役于燕而为此曲。"高适此诗注入了一些新意,描写唐军奋勇杀敌、保疆卫国的英雄气概及将士间苦乐不均、命运悬殊的不公平现实。"元戎":一本作御史大夫张公,即幽州节度使张守珪,开元二十三年(735)并兼御史大夫等职。高适曾北游燕赵,欲于节度幕府求入仕机会,对边塞将士生活有一定程度的了解,才能有感和诗,并写下这样有深度的作品。"三时",一作"三日";"寒声",一作"寒风";"血",一作"雪";"草腓",一作"草衰"。

汉家烟尘在东北,汉将辞家破残贼。
男儿本自重横行,天子非常赐颜色。
摐金伐鼓下榆关,旌旆逶迤碣石间。
校尉羽书飞瀚海,单于猎火照狼山。
山川萧条极边土,胡骑凭陵杂风雨。
战士军前半死生,美人帐下犹歌舞。
大漠穷秋塞草腓,孤城落日斗兵稀。
身当恩遇恒轻敌,力尽关山未解围。
铁衣远戍辛勤久,玉箸应啼别离后。
少妇城南欲断肠,征人蓟北空回首。
边庭飘飖那可度,绝域苍茫更何有?
杀气三时作阵云,寒声一夜传刁斗。
相看白刃血纷纷,死节从来岂顾勋?
君不见沙场征战苦,至今犹忆李将军。

汉家烟尘在东北,汉将辞家破残贼——汉家:指唐朝。汉将:唐朝边将。烟尘:烽烟战尘,此处指战争。残贼:对敌人的蔑称,形容敌人不堪一击。二句写唐朝东北边境奚、契丹少数民族部落时时挑起战争,骚扰抢掠,致使边境时时告急,烽烟弥漫,气氛紧张,唐朝征戍儿为保疆靖边,纷纷辞别亲人,远征东北,奋勇杀敌。

男儿本自重横行,天子非常赐颜色——横行:指驰骋疆场。赐颜色:犹言"赏脸",有恩宠厚待之意。二句写男儿顶天立地,英雄气胆,自有在疆场驰骋杀敌的风云之志。唐朝天子重视武功,对武将恩惠有加,赏赐纷纶。

摐金伐鼓下榆关,旌旆逶迤碣石间——摐(chuāng):击。伐:敲击。金:指钲铙之类的军乐器。《诗经·采芑》:"钲人伐鼓。"毛传:"钲以静之,鼓以动之。"孔疏:"凡军进退,皆鼓动钲止。"即击钲鼓用以示军队进退之节。榆关:古代关名,即今山海关。旌旆:军旗。旌,是古代顶部饰以彩色羽毛的旗帜;旆,是以杂色镶边的旗子。逶迤:曲折蛇行、绵亘很远的样子。碣石:山名。即今河北昌黎县西北的碣石山。二句写唐朝军士出征,进退以钲铙鼓乐,金鼓震天,其声鼓荡着士气,其势也直冲霄汉,神威赫赫,战旗飘扬,如一道连绵逶迤、飘展风行的彩蛇在碣石山岭的巉岩峭壁、草丛古木间穿梭起伏。

校尉羽书飞瀚海,单于猎火照狼山——校尉:武官名,位次于将军。此处泛指武官将士。羽书:又称羽檄、檄书。插有羽毛以示紧急的军事文书。瀚海:沙漠。单于:本为西部边境匈奴首领的称呼。此处指奚、契丹族首领。猎火:围猎时所燃之火。古代游牧民族于军事行动前,多有大规模的校猎活动,以作演习。狼山:山名,即今内蒙古自治区巴彦卓尔盟狼山,属阴山山脉的一部分。二句写征戍的战檄十万火急,在唐朝边将所率领的各军驻地间传递着,战前气氛紧张得已如上弦之弓,一触即发。

山川萧条极边土,胡骑凭陵杂风雨——萧条:衰杀状。极:尽,全。胡骑:少数民族铁骑。凭陵:仗势侵凌。陵,侵犯,欺辱。杂风雨:言敌寇汹汹来势如风雨。二句写深秋的边塞一派肃杀,敌人仗势欺人,攻势迅猛,势如风雨。

战士军前半死生,美人帐下犹歌舞——二句反映兵将生活的苦乐不均。战士在疆场奋勇杀敌,不顾性命,血流成河,尸积如山,其惨烈之状令山河鸣咽,而军帐中轻歌曼舞,燕肥环瘦,将军左环右拥,寻欢作乐。

大漠穷秋塞草腓,孤城落日斗兵稀——穷秋:深秋。腓(féi):病,此处指草木枯黄。斗兵稀:指唐军伤亡惨重。二句写东北荒漠地带,深秋时节,衰草连天,一片肃杀悲凉之景,时近傍晚,孤城外只剩下零星的士兵在作最后的拼杀。

身当恩遇恒轻敌,力尽关山未解围——当:受。恩遇:皇恩厚遇。恒:常,关山：指狼山。二句写唐朝边关大将身受皇帝的隆遇渥惠，而邀恩怙宠，狂妄自大，面对胡族如山的铁骑，如云的劲箭，仍是率尔进军，轻举妄动，战略失策，唐军虽力战关山，浴血奋战，仍然没有解除边患。

铁衣远戍辛勤久，玉箸应啼别离后——铁衣：铠甲，指穿铠甲的战士。玉箸：玉做的筷子，比喻眼泪。此处指流泪的少妇。二句写边关苦寒荒衾，环境恶劣，风霜吹面如割，铠甲冰冻似铁，戍卒离乡多日，难免有乡关情愁，家园牵挂。闺中怨女旷妇静夜之思，空房独守，已为月之阴晴圆缺哀哀垂泪了无数次。

少妇城南欲断肠，征人蓟北空回首——少妇：泛指征人的妻子。城南：唐时长安城的建筑，宫廷坐落于北，住宅在城南，此处泛指征人住处。南，与下句的"北"亦相对成韵。蓟北：蓟门北部，指边军戍守的东北边境地区。二句写家乡美丽的少妇日日盼望着丈夫归家，怎奈千里相隔，音尘漫绝，征人生死难料。城南望月，但见月知团圆星解聚，如何不见人归？少妇愁肠百转，彻夜难眠。征人在蓟北战场，亦频频凄然南望，对月生愁。

边庭飘飖那可度，绝域苍茫更何有——边庭：边境。飘飖：形容局势动荡。绝域：荒凉僻远、杳无人迹之地。二句写寒荒绝塞，苍茫雄浑一眼望不到边，天青地白，如原始的洪荒地看不到生机和人间的袅袅炊烟。

杀气三时作阵云，寒声一夜传刁斗——杀气：指战场兵刃相见的厮杀气氛。三时：指早、午、晚。阵云：战争阴云。寒声：冷凄之声。此处用以形容刁斗之声。一夜：整夜。刁斗：军队中使用的铜制用具，白天用以炊煮食物，夜晚敲击以为警备。二句写战争持续了一天，战场硝烟弥漫，烟尘冲荡着黄云在人间撒下惨淡凄厉的死亡之色。夜间冰冷刺骨，寒气逼人，刁斗声声，划破长夜，凄神寒骨。

相看白刃血纷纷，死节从来岂顾勋——死节：死于志节。勋：功爵。二句写两军对阵，杀气腾霄，刀光剑影，血刃纷纷，唐军个个英勇无畏，拼命厮杀。身死忠义在，更况乎为保家卫国而死？能托体山阿，枕悠悠白云，死又何憾？人间功名利禄、勋爵庆赏，不过是好大喜功的将帅们追求的。

君不见沙场征战苦，至今犹忆李将军——李将军：指汉将李广，见《塞上》注，李广行军作战能身先士卒，与士兵同甘共苦，宽缓不苛，颇受士兵的爱戴。二句写沙场苦战，战士身死枯草，身后也寂寞无闻，将军帐中花天酒地，却依旧邀功领赏，神气十足，这种苦乐不均、命途悬殊的反差，使人不禁缅怀爱兵如子，身先士卒，勇猛无敌，令敌人闻风胆寒的汉代李将军。

新评

　　此诗为高适的压轴之作。无论从其思想内容的深度、广度,还是从诗歌本身的艺术成就来看,都达到了高适诗歌的最高典范。诗描写了戍边军事生活的多个方面,包括战争双方的布置校练、边将恃宠怙恩、寻欢作乐,致使战略失策,损失惨重的黑暗写实及戍卒血染沙场、不计生前身后的可歌可泣的高尚品德,以及传统题材的征人念归、闺中怨旷的娓娓插叙。规模宏大,洋洋洒洒,内容丰富详实,有贲张的力度和磅礴雄浑的气势。全诗分四个层次。一至八句为第一层,写出师,貌似谀扬出师的雄伟,实则隐刺将军的恃宠轻敌。其开头即点明开战的地点,直入主题,先渲染出一种剑拔弩张的气氛;第二句有力拔山兮之势,将士豪迈壮美的精神气质和保疆卫国、舍我其谁的英雄气概栩栩然端现。第五句到第八句写双方战备,金鼓、旌旆、羽书、猎火、胡骑,这些字眼紧锣密鼓地奏出,进一步渲染着战前的紧张氛围,也昭示着战争的恶劣艰苦。第二层为第九到第十六句,写战事失利,揭示失败的原因乃在于军中的腐败。战士二句为千古流传的佳句,鲜明的对比、匀整的对偶平仄,极具讽刺效果地道出将士间苦乐不均、命途天壤的不公平现实。中间插以荒凉肃杀、夜静秋寒的自然风光及战场烟尘弥漫的环境描写,很好地背衬出战争的残酷、悲凉。十七到二十句为第三层,写战争造成的不幸,从另一个侧面对唐朝边将进行更深的谴责,其中征人思妇的幽怨之思,使劲荡喧腾、悲烈阴郁的画面抹上柔静凄美的清新一笔,节奏快缓错落,格调一悲壮一幽美,即写出戍卒复杂丰富的内心世界,也表现着诗人对他们深深的同情和理解。最后八句为第四层,描写战场的艰苦凄寒,赞颂战士的忠勇爱国,感叹将帅选用不当。诗歌的完成全凭诗人的想像和既往的观察体会,也因其不落实于一人一物,诗人才能率笔任意写去,丰富的想像、豪宕的兴致、宏大的场面、苍劲的语言,在诗人笔端活泼玲珑地交织融会,天才的驾驭终于奏成了一部雄壮宏伟、气势磅礴的交响乐。

同李司仓早春宴睢阳东亭

　　一本诗题下注"得花字"。李司仓:不详。司仓,官职名,主管仓库。唐制,在府的称仓曹参军,在州的称司仓参军,在县的称司仓库。睢阳:即宋州,汉代称为睢阳,隋时改,今河南商丘。诗作于高适客居梁宋时,诗写早春二月明媚春光。

> 春皋宜晚景，芳树杂流霞。
> 莺燕知二月，池台称百花。
> 竹根初带笋，槐色正开牙，
> 且莫催行骑，归时有月华。

【新解】

春皋宜晚景，芳树杂流霞。莺燕知二月，池台称百花——皋：水边高地。宜：适合。流霞：飞动落霞。称（chēng）：称许。四句写早春二月，好友相约踏春，东亭聚宴，水皋栖迟，芳华盛景，使人留连忘返，夕阳摇摇欲坠，落霞染红了天宇，空中流动着分明的彩翠。芳草杂树，刚嫩嫩地裹结着绿芽，映照于彩霞中。黄莺春燕像报春的使者，忙着争鸣脆叫，唤醒还在懵懂于冬眠、惺忪着睡眼的其它迟钝的春物，叽叽喳喳议论着何处筑巢垒窝，安顿一年的生计。池台春草离离，百花丰茂，争奇斗艳，把朴素晦淡、老态龙钟的池台打扮得花枝招展，春情荡漾，诚惶诚恐地连连赞许着百花的回春妙手。

竹根初带笋，槐色正开牙，且莫催行骑，归时有月华——竹根：竹子的根部。笋：笋芽。牙：同芽。月华：月光。四句写水塘边竹林秀色可餐，青青翠叶像窈窕女郎舞动的绸带，尖尖笋芽碧玉般的灵秀，从竹根处钻出来，带着碧玉般的莹洁和泥土的清新，星簇云拱着母体。老槐树枯木也逢春，绿茸茸的芽苞陆续长出。三春好处，人也留恋，必得花香溢口、青草缠肩，才会悠哉乐哉、兴致犹然地步月回家。

【新评】

全诗描写早春二月春光流艳、芳华似锦的风物盛貌，可见出高适景物描写艺术的某些特点。诗人并不着力于某一局部，而是突出闹春的喧腾和盎然生机的勃勃甫发。如写落霞，用"流"字，又与芳树杂染，将霞光流溢四射寰宇之状，一字点出。将燕莺、池台的拟人化，生机之外又加以人格，笔意妙奇，想像丰富。写竹笋、槐树、新芽，这些大自然遏抑不住的生命力在诗人笔下玲珑活现着，语不造奇，词不增彩，却自有清新流丽、婀娜摇曳的天然风致。

送田少府贬苍梧

田少府:不详。少府,县尉的别称。苍梧:县名,在今广西苍梧县。此诗具体写作年代不详。诗写送别被贬谪的友人,表达了对好友的同情和深情厚意,并劝勉友人振作精神,展望未来。

沈吟对迁客,惆怅西南天。
昔为一官未得意,今向万里令人怜。
念兹斗酒成睽间,停舟劝君日将晏。
远树应连北地春,行人却羡南归雁。
丈夫穷达未可知,看君不合长数奇。
江山到处堪乘兴,杨柳青青那足悲?

沈吟对迁客,惆怅西南天——沈吟:即沉吟。迁客:迁谪之人,指田少府。西南天:指苍梧。二句写友人遭贬,远赴西南蛮荒僻野,苍梧远在天涯海角,山长水阔,路途遥阻,游子孤蓬万里,又对凄凉光景,失意外贬,情何以堪?饯别宴上,大家惆怅相对,沉吟不语。

昔为一官未得意,今向万里令人怜——二句写友人前所职微官,已是屈才,今又贬谪万里之外,茕独泽畔,憔悴孤旅,怎不使送行者为之感伤?

念兹斗酒成睽间,停舟劝君日将晏——斗:酒器。斗酒,杯酒。睽(kuí)间:隔离,分别。睽,违背。晏(yàn):晚。二句写把酒悲歌,只增黯然销魂意,分手在即,劝君更尽一杯。征棹将行,日之将夕,千里烟波,暮霭沉沉,相见无期,游踪何处?诗人不禁抚膺悲叹。

远树应连北地春,行人却羡南归雁——远树:指征途所见树木。二句写征程万里,但有青山绿水聊以解颐,江南绿树红花,莺啼鹃啾,只增人故乡愁思。雁止衡阳,当春而归,谪人独窜西南,却归期杳杳。

丈夫穷达未可知,看君不合长数奇——穷:不得志。达:显贵。不合:不该。数奇(jī):命途乖舛,时运不好。《汉书·李广传》"以为李广数奇",颜注引孟康曰:"奇,只不耦也。"耦,同偶。数,命数。二句写人生穷达浮沉不定,或泥蟠淤池,一朝飞黄腾达,成龙成凤,或踒躞垂翅,憔悴颙颔,如丧家之犬。君当命途多舛、时运不济时,也必有一朝整翮磨砺,一举冲天日。

江山到处堪乘兴,杨柳青青那足悲——堪:能。乘兴:乘兴之所至游赏。那足:不足以。二句写江山如此多娇,到处可游玩泻忧,江南春暄,风和日丽,杂草争芳,野花逗妍,杨柳青青,莺啼鹏啭,春光无限,何必戚戚心事,辜负三春盛景?

新评

诗写送友人赴西南谪所,诗写得情深意重。临别依依,执手沉吟,把酒斟酌,凄凉暮天。前六句就写这种离别的悲凉氛围及诗人深切的同情。"远树"二句以想像笔法,写友人路途触景生情,怀念故乡,诗人设身处地,心逐征棹,更见其情谊的深厚沉挚。语用对偶,秀丽清新。后四句劝慰友人穷达有数,是万里鸿鹄必有再振青云时。格调高扬清壮,将前之低回阴晦气扫荡净尽。诗如二人对面,娓娓话来,语浅情深,句平意婉,读之言尽而余味悠长。诗不拘于韵脚,灵活多变,也是高适古诗特色之一。

同群公秋登琴台

题解

群公:指李白、杜甫等人。杜甫《昔游》诗云:"昔者与高李,同登单父台。"琴台:春秋末期鲁国宓子贱曾为单父宰,相传其身不下堂,鸣琴而治。琴台:即其弹琴处。在今山东单县东南,唐时属宋州。此诗约写于天宝三载(744)高适尚隐居梁宋时,与李白、杜甫相游宋州琴台。李白于长安做翰林供奉,刚被玄宗赐金放还,东游梁宋,李白《梁父吟》有"我浮黄河去京阙,挂席欲进波连山,天长水阔厌远涉,访古始及平台间"。平台,即琴台。杜甫与高适曾于开元末年汶上相识,此时亦来兖州赴亲,游梁宋,三人相遇,携手同游,成为文坛上的一段佳话。杜甫《遣怀》诗记:"昔与高李辈,论交入酒垆。两公壮藻思,得我色敷腴。气酣登吹台,怀古视平芜。"又《昔游》诗所记即此事。高适此诗写登临怀古,并抒发触景而生的惆怅心怀。

古迹使人感,琴台空寂寥,
静然顾遗尘,千载如昨朝。
临眺自兹始,群贤久相邀,

德与形神高，孰知天地遥。
四时何倏忽，六月鸣秋蜩，
万象归白帝，平川横赤霄。
犹是对夏伏，几时有凉飙。
燕雀满檐楹，鸿鹄抟扶摇，
物性各自得，我心在渔樵。
兀然还复醉，尚握樽中瓢。

　　古迹使人感，琴台空寂寥，静然顾遗尘，千载如昨朝——古迹：指琴台。四句写琴台古迹，千古风流人物已随历史烟云消散，唯其还隐没在榛莽苍苔中寂寥地如千年古墓，想当时宓子贱礼义化民，鸣琴而治，其流风逸韵犹如昨朝，令千载之下文人墨客肃然起敬，悠悠向往。

　　临眺自兹始，群贤久相邀，德与形神高，孰知天地遥——群贤：指李白、杜甫等人。形神：形貌神韵。四句写登临琴台，觅宓子贱千古之逸响，携手李杜诸公，高才雅貌，亦令人翛然有尘外之想。宓子贱德行彪炳万世，风流逸韵与日月争辉，与天齐高。

　　四时何倏忽，六月鸣秋蜩，万象归白帝，平川横赤霄——倏忽：瞬息间。秋蜩：秋蝉。白帝：谓秋。《周礼·大宗伯》："以白琥礼西方。"郑玄注："礼西方以立秋，谓白精之帝，而少昊、蓐收食焉。"少昊、蓐收为司秋之神，此处指秋气。赤霄：彩云。《淮南子·人间训》："背负青天，膺摩赤霄。"注："赤霄，飞云也。"四句写四时轮替，春秋代序，倏忽而已，盛暑未消，秋蝉已泣露。万象奔秋，皆染上秋的肃杀苍白色。川水远望如一条白练，白云悠悠，横卧其上。

　　犹是对夏伏，几时有凉飙。燕雀满檐楹，鸿鹄抟扶摇，物性各自得，我心在渔樵——夏伏：夏天的三伏。《阴阳书候》："夏至后第三庚为初伏，四庚为中伏，立秋后初庚为终伏，故谓之三伏。"阴历六月下旬已立秋，但仍为末伏。凉飙：凉风。檐：房檐。楹：房柱。抟：搏击长风而上。扶摇：旋风。鸿鹄：大雁。《史记·陈涉世家》："燕雀安知鸿鹄之志哉？"自得：自得其所。物性：物之天然凤好、性之所适。六句写虽已立秋，尚属三伏，暑热还闷蒸着大地，几时方有飒飒秋风送爽，吹荡尽暑气？胸无大志，檐楹一角即可餍其栖息之乐。鸿鹄志在云霄，须借九万里长风，搏击而上。万物兴歇皆自然，各适其性而已。有垂涎高官厚禄者，自必跃跃欲腾青翻，亟亟渴渴，奔波忙碌。诗人但有青山白云、箬笠蓑衣之念,身老沧洲、江湖独啸,作个自由自在的烟波钓叟。

兀然还复醉,尚握樽中瓢——兀然:无知貌。孙绰《游天台山赋》:"兀同体于自然。"樽:盛酒器。瓢:舀酒之器。二句写诗人酩酊大醉,手里还握着酒杯,兀兀若浑然无知。

前八句写诗人登临琴台及追慕先人彪炳千载的功业、德行,抒发触景而生的岁月如流、人生如梦的伤感。中间写高瞻远眺之景,仍归终于时节之叹息。后段以庄子的物性自适、各安所宜的人生哲学,寄托自己的归隐心志,燕雀、鸿鹄之比兴,也隐寄诗人心怀高情远志,不甘于平庸寂寞。末句似若潇洒不羁,潜寓诗人内心的孤闷和无奈心怀。全诗借登临怀古,发自己怀才不遇,老大蹉跎之慨。兴寄深婉,笔意悲凉。

古大梁行

大梁:地名,战国时魏惠王徙都城于大梁。公元前225年,秦国攻魏,决黄河水,魏灭城毁。故址在今河南开封市西北。行:歌行体,古诗体裁之一,句式多变,可散可整,韵脚也较灵活,形式自由,盛唐诗人常用此体裁,发抒激昂慷慨、跌宕起伏的内心情怀。据年谱,高适天宝三载(744)与李、杜尝同游梁宋。此诗当作于与李杜同游时。诗写游览大梁故城遗址,抒发物去人非、盛衰无常的感慨。

古城莽苍饶荆榛,驱马荒城愁杀人。
魏王宫观尽禾黍,信陵宾客随灰尘。
忆昨雄都旧朝市,轩车照耀歌钟起。
军容带甲三十万,国步连营一千里。
全盛须臾那可论,高台曲池无复存。
遗墟但见狐狸迹,古池空余草木根。
暮天摇落伤怀抱,抚剑悲歌对秋草。
侠客犹传朱亥名,行人尚识夷门道。
白璧黄金万户侯,宝刀骏马填山丘。

年代凄凉不可问,往来唯见水东流。

　　古城莽苍饶荆榛,驱马荒城愁杀人。魏王宫观尽禾黍,信陵宾客随灰尘——古城:即古大梁城。莽苍:苍凉浑郁、辽远空廓貌。饶:多。荆榛(zhēn):丛生的荆棘杂草。荒城:指荒凉残破的大梁遗迹。愁杀人:使人愁绝。宫观:泛指宫殿台阁。观(guàn),为宗庙或宫殿大门外两旁的高建筑物。尽禾黍:长满了庄稼。《诗经·王风·黍离》序曰:"周大夫行役至于宗周,过故宗庙宫室,尽为禾黍。"信陵:指战国四公子之一的魏国无忌,魏昭王之子,魏安釐王异母弟,封为信陵君。好礼贤下士,无论贵贱,其时门客多至三千。随灰尘:谓随烟消云散,成为古人。四句写古大梁遗址荒凉破败,荆棘丛生,一片苍凉悲飒的气氛,驱驰往观,但有物去人非、豪华不在的触目惊心之感。想昔日宫殿楼阁云集雾绕,高可参天,势压峰峦,今高岸为谷,深谷为陵,沧海桑田,风云变幻,魏阙风流,祗今何在?魏公子信陵君谦仁宽厚,礼贤下士,使千载之下士不遇者皆恨生不当时。而今其三千门客也俱化为灰尘,烟消云散。

　　忆昨雄都旧朝市,轩车照耀歌钟起。军容带甲三十万,国步连营一千里——昨:昔。雄都:指大梁。朝市:指魏国朝廷和市肆。轩车:高大华美的车子。照耀:华彩四溢。歌钟:歌舞、钟磬。钟磬,作为伴舞的乐器。军容:军队阵容。带甲:穿戴铠甲的战士。国步:《诗经·大雅·桑柔》:"国步斯频。"朱熹注:"步犹运也。"此处指国境。四句写昔日魏国都城繁华热闹,歌舞升平,朝官济济,游士杂沓涌来,为魏国出谋划策,定国安邦。市肆车水马龙,杂耍博戏、引车卖浆、鼓刀肆卜,各种交易缤纷入眼,繁华热闹,盛极一时。偶有当权显贵乘华美轩车,骑高头骏马,前呼后拥,流云般卷来,行人驻足瞻望,惊羡其富贵荣华。歌台暖响,舞殿彩袖,钟磬袅袅,管弦呕呕,其声可惊动仙宫。赳赳武夫,铠甲鲜明,刀矛戟戈,气象森森,三十万雄师驻扎于纵横无际的千里国境上,甚是威武。

　　全盛须臾那可论,高台曲池无复存。遗墟但见狐狸迹,古池空余草木根——全盛:鼎盛。须臾:瞬息。那可论:不堪说。四句写昔日魏国风流、似锦繁华都如过眼云烟,盛衰之势,岂可争说?高台宫观、曲池浮凫,昔日的明媚鲜妍、春花秋月,早已荡然无存。废墟瓦砾、残壁断垣间狐兔在草丛间出没,拾掇着残迹,寻食觅古。曾经池水幽幽,如今但见苍根枯木盘亘在池边,孤鬼山魈般。

　　暮天摇落伤怀抱,抚剑悲歌对秋草。侠客犹传朱亥名,行人尚识夷门道——暮天:指秋天。摇落:草木凋零。《宋玉·九辩》:"悲哉,秋之为气也。萧瑟兮,草木摇落而变衰。"夷门：指魏国隐士侯嬴，曾为大梁夷门门卫，信陵君驾车访侯，拜其为上客。秦围赵国邯郸，求救于魏，侯嬴以死谏信陵君窃符救赵，使赵得存。朱亥：本为魏国屠夫，经侯嬴的推举，助信陵君窃符救赵。事见《史记·魏公子列传》。四句写秋天肃杀之气遍被寰宇，草木摇落，白露成霜，悲飒之景，令人心绪也幽暗。触景伤情，诗人不禁抚剑高歌，激昂声调，以寄慷慨。当时侠客侯嬴、朱亥，其侠肝义胆，愿为知己者死，助信陵君窃符存赵，成就事业，声名千古之下犹为人传颂，少侠模仿。

白璧黄金万户侯，宝刀骏马填山丘。年代凄凉不可问，往来唯见水东流——白璧：莹白的玉石。万户侯：食邑万户的爵位。填山丘：谓皆成为古墓遗物、冢中枯骨。凄凉：因遥远而冷落沉寂。四句写珍财珠玉、黄金万两，高堂华屋、美女艳姬，万户卿相，不过当时明艳，祇今但见枯墓坟冢有其宝刀、枯骨，森森寒冽，炫耀着曾经的富华。历史沧桑变幻，悠悠千载，风流人物皆被雨打风吹去，成为史书上有数的几个名字、符号，当时翻云覆雨的世态、硝烟弥漫的战场、纵横家摇唇鼓舌、驰骋王者，今皆已沉寂淡漠，只有东流水永远淡定从容，一如既往地流逝。

诗写吊临怀古，并抒发世事变幻、盛衰无常的感慨。前四句写乍来到荒城见一片荒败、残颓之景而心生的伤感，五到八句写昔日繁华盛貌，后段写遗墟所见兼述诗人沧海桑田、人世无常的感慨。鲜明的对比，凄凉悲飒气氛的烘托渲染，虚景实处交错互用的艺术手法以及抒情、议论、写景的三重融合渗透，使全诗意境深邃宏廓，风格悲凉浑郁，直有身临其境之感。体用歌行，奔放中有谨慎的收持，沉郁顿挫外情感开合有度，灵活自由、起伏摇曳的笔致中跌宕着诗人躁动不安的内心，邢昉评其歌行风格为："按节安歌，步武严整，无一往奔轶之习。"（见《唐风定》卷九）用韵多变，四句一换，错落有致，随情感的节奏共相跌宕，增强了感情的力度，使人感受到诗人一颗激昂澎湃、壮志满怀、欲及时建功立业的内心世界。方东树曰："起二句伉爽，魏王二句敷衍，忆昨四句推开，全盛句折入，暮天句入己，以下重复感叹，自有浅深，而气益厚，韵益长，反覆吟咏，久之自见。"（《昭昧詹言续录》卷二）可参考。

途中寄徐录事

一本下有序"比以王书见赠。"徐录事：其人不详。录事，州郡官名，主管文书之类的工作。比：犹并。王书：指王羲之的书法。王羲之，字逸少，琅琊临沂（今山东临沂）人，东晋著名书法家，有"书圣"之称。论者评其书法"飘如浮云，矫若惊龙"，曾为右军将军，故又称"王右军"。高适另有《鲁郡途中遇徐十八录事》，鲁郡即唐兖州郡，天宝元年（742）改。此诗当为高适天宝四载（745）游齐鲁时路遇徐录事，分手后寄诗以赠。诗写对友人的思念之情。"不堪比"，一作"不堪此"。

落日风雨至，秋天鸿雁初。
离忧不堪比，旅馆复何如？
君又几时去，我知音信疏。
空多箧中赠，长见右军书。

落日风雨至，秋天鸿雁初。离忧不堪比，旅馆复何如——秋天句：谓秋天鸿雁刚刚南飞。《礼记·月令》："季秋之月……鸿雁来宾。"离忧：离愁别绪。不堪比：不堪比拟，无与伦比。四句写黄昏时风雨交加而至，诗人客居旅馆，凄风苦雨，备感伶俜。秋鸿悲唳划天而过，鸿雁也知南飞，诗人浪游他乡，萍踪难寄，旅馆尤感冷落凄寒。

君又几时去，我知音信疏。空多箧中赠，长见右军书——他乡难得遇知音，浮萍相聚又匆匆离散。同是天涯宦游人，行踪难定，音信也无可寄托，箧中但有草隶书法，是诗人相赠，如右军体之飘逸潇洒，矫若游龙。

诗很明快清简，白描素笔勾勒的几个意象点染出秋之萧索清冷的氛围，语不见多，而浑然朴厚，意境深远。情感浓郁曲婉，深衷浅貌，抒叹也悠长，如直面诉说，而自然过人。末二句睹物思人，语短情长，宛如古诗情态，不见着力，而含蕴丰富，自然感人。高适诗语多本色，不加雕饰，情感浓郁饱满，或排闷一泻无余，或委婉曲折，不取比兴寄托，少用情景相融，而自有天然媚态和浓浓的感染力。此篇即可见出其风格，须细细品度，轻捻慢拢，方得其要领。钟惺、谭元春评此诗曰："起二句清光纷披，君又句若有承接，实无着落，妙妙。我知句妙在预知，苦在预知。妙在不添一词藻然后逼真。长见句亦自写得亲厚。"（《唐诗归》卷十二）

秋胡行

题解

《列女传》卷五"鲁秋洁妇":"洁妇者,鲁秋胡子妻也。既纳之五日,去而官于陈,五年乃归,未至家,见路旁妇人采桑,秋胡子悦之……下车谓曰:'力田不如逢丰年,力桑不如见国卿。吾有金,愿以与夫人。'妇人曰:'嘻,夫采桑力作纺绩织纴,以供衣食、奉二亲、养夫子。吾不愿金,所愿卿无有外意,妾亦无淫佚之志,收子之赍(jī)与笥金。'秋胡子遂去,至家,奉金遗母,使人唤妇至,乃向采桑者也。秋胡子惭,妇曰:'子束发辞亲往仕五年乃还,当所居驰骤扬尘疾至。今也乃悦路旁妇人,下子之粮,以金予之,是忘母也,忘母不孝;好色淫佚,是污行也,污行不义。夫事亲不孝,则事君不忠,处家不义,则治官不理,孝义并亡,必不遂矣。妾不忍见,子改娶矣,妾亦不嫁。'遂去而东走,投河而死。"(《西京杂记》并有记)《乐府诗集·相和歌辞》"清调曲"收此诗,并有晋初傅玄及刘宋时颜延之、王融等对本事的赋作,有一首为四言,余为五言,高适此诗为七言,并改以第一人称自述。全诗表现了秋胡妻的刚烈不屈、贞洁自守的传统美德。

妾本邯郸未嫁时,容华倚翠人未知。
一朝结发从君子,将妾迢迢东鲁陲。
时逢大道无艰阻,君方游宦从陈汝。
蕙楼独卧频度春,彩阁辞君几徂暑。
三月垂杨蚕未眠,携笼结侣南陌边。
道逢行子不相识,赠妾黄金买少年。
妾家夫婿经离久,寸心誓与长相守。
愿言行路莫多情,道妾贞心在人口。
日暮蚕饥相命归,携笼端饰来庭闱。
劳心苦力终无恨,所冀君恩即可依。
闻说行人已归止,乃是向来赠金子。
相看颜色不复言,相顾怀惭有何已。
从来自隐无疑背,直为君情也相会。

如何咫尺仍有情，况复迢迢千里外。
誓将顾恩不顾身，念君此日赴河津。
莫道向来不得意，故欲留规诫后人。

【新解】

  妾本邯郸未嫁时，容华倚翠人未知。一朝结发从君子，将妾迢迢东鲁陲——妾：古时女子自谓。邯郸：见《邯郸少年行》注。《古诗十九首》之一："燕赵多佳人，美者颜如玉。"容华：美丽的容貌。倚翠：一说为住在翠阁深闺里，翠，形容光彩鲜丽（见涂元渠《高适岑参诗选注》，上海古籍出版社）；一说倚翠即言眉色（见刘开扬《高适诗集编年笺注》，中华书局出版）；一说倚翠为"奇节"之讹（见高文、王刘纯选注的《高适岑参选集》，上海古籍出版社）。此处依"眉色"之解。结发：指成年，古代男女成年时要把头发结上，故称。苏武《古诗四首》之二"结发为夫妻"，李善注："结发，始成人也。谓男年二十，女年十五，取笄、冠为义也。"从君子：随夫出嫁。君子，为古代女子对丈夫的尊称。将：携。迢迢：远貌。东鲁：春秋时鲁国，今曲阜、兖州一带。陲：边界。四句写秋胡妻家本邯郸，美艳动人，光华灼灼，娴静少言，幽芳独抱，待字闺中，少为人知。十五束发敛妆，明媒嫁娶，六礼聘问，与君结为夫妻，如菟丝附女萝，即抱磐石之志，不二之忠心，随君东嫁鲁国，远辞父母。

  时逢大道无艰阻，君方游宦从陈汝。蕙楼独卧频度春，彩阁辞君几徂暑——大道：谓当时太平盛世。游宦：出外做官。从：就职于。陈汝：指周代陈国。唐代陈州淮阳郡与蔡州汝南郡相邻。蕙楼：犹闺楼，古代对女子居室的美称。频：多。彩阁：即蕙楼。徂：往。春、暑：皆代指一年。四句写时逢太平盛世，阴阳调燮，人民丰衣足食，外无边患，内无战事。故夫君辞家游宦于陈，留妾在家奉养双亲，看管蚕桑。夙兴夜寐，口无怨言。闺阁独卧，绣床辗转，春花秋月，寒来暑往，悠悠几载，思君之心但如流水日夜不息。

  三月垂杨蚕未眠，携笼结侣南陌边。道逢行子不相识，赠妾黄金买少年——垂杨：垂柳。蚕未眠：蚕从幼虫蜕化成成虫须三四天，期间不食亦不动，状似睡眠。而蚕未眠时，则须大量食桑叶，故有秋胡妻采桑一事。携笼：携带着采摘桑叶的筐笼。南陌：南面的田间小道。陌：田间小道。南北为阡，东西为陌。行子：行人。买少年：谓慕其年轻貌美，赠金以求取悦猥亵之。四句写阳春三月，当冰融冰解、春暖花开之时，垂柳舒展开枝条，在春风中依依袅袅，桑叶青青，晶莹翠厚，正是养蚕的好时机。我也与人结伴到田陌南头采桑。道逢一陌生行子，华服美冠，风度翩翩，见妾美丽姿容，清扬宛态，心生悦慕，赠妾黄金，欲有调戏猥亵之举。

妾家夫婿经离久,寸心誓与长相守。愿言行路莫多情,道妾贞心在人口——经离:离别。寸心:犹心,心脏位于胸中方寸之地,故称。愿言:希冀词。行路:过路行客。贞心:贞洁之心。在人口:人口皆碑。四句写妾上前对轻薄子言:妾有夫婿,情意深笃,只因出门游宦,多年未归。曾海誓山盟,月下结信,此生长相守,忠贞永不渝。但请您风流年少莫放荡,收拾起轻薄苟且之心,妾心分明如皎月,贞洁自重,乡里村外,有口皆碑。

日暮蚕饥相命归,携笼端饰来庭闱。劳心苦力终无恨,所冀君恩即可依——相命归:谓呼朋唤友归家。端饰:端正服饰,整理容貌。庭闱:庭院。恨:遗憾、抱怨。冀:希望。君:指丈夫秋胡。恩:恩爱。依:依靠。四句写采摘桑叶,拾掇不止,直至天色将晚,才与同来的几个伙伴带着采摘的桑叶回去。妾虽辛苦劳作,憔悴红颜,依然无怨无悔。唯一所愿的是在外的丈夫早日归家,恩情爱意始终不减,使妾终生有可托处。

闻说行人已归止,乃是向来赠金子。相看颜色不复言,相顾怀惭有何已——行人:此处指归来的丈夫。归止:归家。止:同只,句末语气词。《诗经·齐风·南山》:"既曰归止,曷又怀止。"向来:刚才。颜色:面容、脸色。怀惭:心怀羞愧。有何已:不能停止。四句写道听途说丈夫游宦已归,内心按捺不住狂喜,"既见君子,云胡不喜?"扯去往日的骄矜羞态,如兔般的飞奔向家。可那千呼万唤终于见到的丈夫,竟然是刚才在路边戏弄自己的人,这又不啻是晴天霹雳,让妾直有恍惚若梦、似幻而真的感觉。此时相见的尴尬、羞愤、欣喜、疑惧、痛苦和幸福,百感交集,像一座高不可攀的铜墙铁壁横亘在两人中间,疏隔着曾经的恩爱夫妻,相对无言,中心如噎。

从来自隐无疑背,直为君情也相会。如何咫尺仍有情,况复迢迢千里外——从来:向来。自隐:内心猜度、窃思。疑背:怀疑、背离。相会:相合,一致。咫尺有情:指在采桑大道边秋胡戏妻事。咫:八寸,指距离很近。四句写妾对夫君忠心耿耿,众口称颂,但念夫君也同样深情厚意,心无二志。如何将至家门,咫尺之间,还垂涎美色,放荡轻薄,调戏良家妇女,更况乎千里之外有不见者?

誓将顾恩不顾身,念君此日赴河津。莫道向来不得意,故欲留规诫后人——誓:发誓。身:指生命。念君:想今日夫君轻薄行为。赴河津:谓投河自尽,河津:渡口。不得意:指刚才秋胡戏妻事。规:箴规。诫:警戒。四句写夫君如此寡恩轻薄,耽迷声色,三心二意,不顾忠孝,实负妾心厚托。妾愿夫君光明磊落,正直不爽,忠厚仁义,谦谦行德,君既卑下不耻,妾也不愿与君白头偕老,但留驻曾经的婉鸾和鸣、琴瑟相得的恩爱,从一而终,以死存节,清清河水自会洗濯妾身今之受侮。其羞本难以启齿,不过欲箴规后人,砺诫后人。

　　诗依《列女传》鲁秋洁妇之本事,题材、主旨基本没变,高适此诗又重点落笔在秋胡戏妻及以后,从而表现其妻坚贞不渝、刚烈不屈的性格和节操,鞭挞了游浪士子负心忘义、道貌岸然的卑鄙丑态,使原来较为散乱的本事故事主题更加鲜明集中、鞭挞更为有力深刻。全诗以自述体,未嫁、出嫁、闺阁空守、及邂逅夫君的义正词严、归家路途的狂喜又害羞的自言自语、相见后的尴尬悲愤及以死存节的大义凛然,皆娓娓道来,如泣如诉,亲切生动,哀婉动人,既加强了诗歌的真实感,也见出高适豪放落拓的男性性格描摹细揣女性心理难得的绘声绘色、真切入理。诗人塑造的秋胡妻美丽娴静、温柔多情、怨而不怒、忠贞不渝的形象特征也是非常生动感人的。全诗风格亦委婉深曲,悱恻缠绵,一反高适以往的豪宕健举、豁落峻拔之风,显现出诗人的多面风格。

东平路中遇大水

　　东平:唐郡名。在今山东东平县西北。遇大水:《旧唐书·玄宗纪》:"天宝四载秋八月,河南、睢阳、淮阳、谯等八郡大水。"东平郡与上之四郡傍临,大水亦牵连到东平。此诗作于高适天宝四载(745)由宋州至河南、江苏等地,又折入山东境内的东平郡,遇大水,诗人心生悲悯关怀,希冀身有所用,诗就抒发这种感慨。

　　　　天灾自古有,昏垫弥今秋。
　　　　霖霪溢川原,澒洞涵田畴。
　　　　指涂适汶阳,挂席经芦洲。
　　　　永望齐鲁郊,白云何悠悠。
　　　　傍沿钜野泽,大水纵横流。
　　　　虫蛇拥独树,麋鹿奔行舟。
　　　　稼穑随波浪,西成不可求。
　　　　室居相枕藉,蛙黾声啾啾。
　　　　乃怜穴蚁漂,益羡云禽游。

农夫无倚着,野老声殷忧。
圣主当深仁,庙堂运良筹。
仓廪终尔给,田租应罢收。
我心胡郁陶,征旅亦悲愁。
纵怀济时策,谁肯论吾谋!

【新解】

天灾自古有,昏垫弥今秋。霖霪溢川原,澒洞涵田畴——昏垫:困于水灾而憯然不知所措。《尚书·益稷》:"洪水滔天,浩浩怀山襄陵,下民昏垫。"弥:更加。霖霪(yín):雨久下不止。霖、霪,皆久雨意。溢:涨满而流出。澒(hòng)洞(tóng):弥漫无边的样子。涵:包含,此处为淹没意。四句写天灾自古有之,而今年洪涝弥甚,连日霖霪,瓢泼大雨铺泻而下,江河、水塘暴溢,水波如狂兽出笼般外溢,狂卷着低洼地,横扫着平川山野,天地迷蒙,一片苍青水色,如造化之初、天地未开时的原始洪荒。

指涂适汶阳,挂席经芦洲。永望齐鲁郊,白云何悠悠——指涂:途程指向。涂,同途。适:到,去。汶阳:即唐东平郡治所须昌,在汶水北部,故称。汶水,即今山东省境内的大汶河。挂席:即扬帆。《文选》木华《海赋》:"维长绡,挂帆席。"李善注:"随风张幔曰帆,或以席为之。"芦洲:在今安徽亳县以东涡河北岸。永望:长望,远眺。齐鲁郊:汶阳在齐鲁交接处,故云。何:一何,多么。悠悠:广远浩渺貌。四句写诗人乘船出发向汶阳,途径芦洲。四望汶阳四周风物,一片黯然惨淡之象,惟有青天白云覆盖着无涯的天空,对人间祸福吉厄无动于衷。

傍沿钜野泽,大水纵横流。虫蛇拥独树,麋鹿奔行舟——钜野泽:《元和郡县志》卷十一:"大野泽,一名钜野,在(钜野)县(即今山东巨野县)东五里,南北三百里,东西百余里。"此泽元代后渐渐干涸。虫蛇:泛指野兽、爬虫类动物。拥:抱拥、弥集。麋(mí)鹿:麋,兽名,似鹿而略大,能夜视。此处亦泛指兽类。四句写诗人乘坐的小舟溯钜野泽而上行,大泽浩淼汪洋,弥望无际,白浪滔天,纵横奔泻。随处可见东倒西歪的树木,上面已丛聚着惊恐万状的野兽、爬虫,望水面哀哀残喘。几只小鹿被激流狂卷着拼命向船划来,水波中一起一伏。真是哀鸿遍野,生机惨灭。

稼穑随波浪,西成不可求。室居相枕藉,蛙黾声啾啾——稼穑:庄稼。西成:指秋天庄稼的收获。《尚书·尧典》:"平秩西成。"西,指秋。秋季在古代阴阳五行学中归属方位时为西方。成,收获,秋天是庄稼收获的季节。求:指望。

室居:住房。枕藉:纵横交错,狼藉一片。蛙黾(mǐn):即蛙。黾:蛙类动物,《尔雅·释鱼》:"在水者黾"郭璞注:"耿黾也。似青蛙,大腹,一名土鸭。"啾啾:蛙鸣的声音。四句写曾经是桑田绿地,今也变成沧海,波浪起伏,庄稼尽湮没在洪水中,本指望今年有一个好收成,也只能望洋兴叹了。东平郡内居民房屋东倒西塌,断壁残垣浸泡在水中。青蛙鼓噪着呱呱的悲鸣。

乃怜穴蚁漂,益羡云禽游。农夫无倚着,野老声殷忧——穴蚁:穴中的蚂蚁。益:更加。云禽:空中飞的鸟禽。倚着:倚靠、附着。野老:农夫。殷忧:深忧。四句写水中沉浮者皆激流而逝,唯轻如鸿毛的蚂蚁还能在水面漂浮,苟延着一丝生命。可叹身无羽翩,如禽鸟自由自在地云中遨游穿梭,而免于洪涝的蹂躏。农夫野老形容凄惨,既无家可归,亦无衣食可御寒饱腹,望着洪水暗自垂泪,忧心忡忡。

圣主当深仁,庙堂运良筹。仓廪终尔给,田租应罢收——圣主:对皇帝的尊称。深仁:仁爱深厚。庙堂:指朝廷。良筹:可济难的宏伟策略。仓廪(lǐn):粮仓。终尔给:终当由你们去赈济。四句写天子会体谅人民疾苦,仁爱待民,在朝廷及时运筹良策,制定赈济难民的方略,开仓放粮,罢免田租,减少庸调,拯天下苍生于水深火热之中。

我心胡郁陶,征旅亦悲愁。纵怀济时策,谁肯论吾谋——胡:何以,为什么。郁陶:忧思郁结貌。《尚书·五子之歌》:"郁陶乎吾心。"四句写诗人见国家多难,百姓疾苦,心情沉重,忧思难耐,为旅途也增添了几多的悲愁。诗人胸怀宏谟,愿经略运筹之以济时难,然身为布衣,无朝廷之任,谁人愿洗耳恭听,以上达天听?

全诗前二十句真实记录了惊心动魄的洪涝灾害使生灵涂炭、家园沉沦、庄稼湮没、人民无家可归、衣食无着的凄惨场景,后段写诗人建议朝廷早定决策,罢租减赋,开仓赈济,拯救灾民,并抒发自己心怀济危之良策,却无人过问的遗恨。诗人亲眼目睹洪涝给天下苍生带来的深重灾难,忧心如焚,摩拳擦掌,急于用世以解苍生之忧,诗人悲天悯人的大悲情怀、以天下为己任、勇往直前的义勇行为,在诗中体现得异常鲜明。诗人不仅要有雕虫绣玉、写风画月的锦心绣口,更要有对世界芸芸万物的深切的同情和关爱,才能永驻其艺术生命力。诗歌感情沉郁浑厚,苍茫无际,具有很强的艺术感染力。

东平路作三首(其三)

东平,今山东。《旧唐书·地理志》:"天宝元年,改郓州为东平郡。"这组诗是高适天宝四载(745)自东平赴汶阳途中所作。三首诗连章而作,极严谨。这里所选为其中的第三首。诗中"渺然"一作"眇然"。

  清旷凉夜月,徘徊孤客舟。
  渺然风波上,独梦前山秋。
  秋至复摇落,空令行者愁。

清旷凉夜月,徘徊孤客舟——清旷:清新旷远。《后汉书·仲长统传》:"欲卜居清旷,以乐其志。"这两句写诗人羁旅夜泊的孤寂之感,意思是月明风清的秋夜,周围一片沉寂,唯有朗照的月光静静地洒落于舟上,徘徊不去,与人相亲。

渺然风波上,独梦前山秋——渺然:浩渺悠远的样子。这两句写秋夜烟波浩渺,诗人舟中独眠,恍若梦见秋山在前。

秋至复摇落,空令行者愁——摇落:凋零、飘落。宋玉《九辩》:"悲哉!秋之为气也,萧瑟兮草木摇落而变衰。"王逸注:"华叶陨零,肥润去也。"行者:这里是作者自指。《孟子·公孙丑》:"行者必以赆。"这两句是写诗人见草木摇落而不胜悲愁,隐约地流露出行者怀归之意。

此诗在体制上,也是一首五言短古。高适诗本与汉魏为近,多胸臆语,风格浑厚高古,而此诗则颇以写景见长,借景物描写以抒发羁旅愁情。尤其是"清旷凉夜月,徘徊孤客舟"两句,体物工细,体现出作者细腻的情致与观察力;"渺然风波上,独梦前山秋"两句,"说得秋有着落,益觉幻妙"(《唐诗归》),笔致灵动缥缈,情思宛转,有宕逸之致。这说明高适诗非止于质实古朴,不善声色,乃不为也。

赋得还山吟赠沈四山人

一本题下有"杂言"二字。赋得：凡依限定或指定的诗题作诗，题目前加"赋得"以示。还山吟：为限定诗题。沈四山人：即沈千运。《唐才子传》卷二："千运，吴兴人，工旧体诗，气格高古，当时士流皆敬慕之，号为'沈四山人'。天宝中，数应举不第，时年齿已迈，遨游襄、邓间，干谒名公。来濮上，感怀赋诗曰：'圣朝优贤良，草泽无遗族。人生各有命，在余胡不淑。一生但区区，五十无寸禄。衰落当弃捐，贫贱招谤诟。'其时多艰，自知屯蹇，遂浩然有归欤之志，赋诗曰：'栖隐无别事，所愿离风尘。不来城邑游，礼乐拘束人。'又曰：'如何巢与由，天子不得臣。'遂释志，还山中别业。尝曰：'衡门之下，可以栖迟。有薄田园，儿稼女织，偃仰今古，自足此生。谁能作小吏走风尘下乎？'高适赋《还山吟》赠行云云。肃宗议备礼征致，会卒而罢。"山人：对山林隐士的尊称。高适另有《赠别沈四逸人》，当为同时之作。友人欲有箕山之志，高适赋诗送别。诗写隐居生活的闲适自得。

还山吟，天高日暮寒山深，
送君还山识君心。人生老大须恣意，
看君解作一生事。山间偃仰无不至，
石泉淙淙若风雨，桂花松子常满地。
卖药囊中应有钱，还山服药又长年。
白云劝尽杯中物，明月相随何处眠？
眠时忆同醒时意，梦中可以相周旋。

还山吟，天高日暮寒山深，送君还山识君心。人生老大须恣意，看君解作一生事——还山吟：此处为点题。恣意：放纵任真，无所拘束。解作：明了、透悟。一生事：人生之道，生存哲学。五句写隐居山林，返璞归真，令人浩叹，友人看破红尘，耻于人间蝇营狗苟、礼乐大伪，浩然有归欤之志。送友人归山，日暮黄昏，天远地阔，苍山巍巍，似坐定万年、阅尽人世沧桑变幻的睿智老人，掩着一山的神秘幽眇，无惊无喜地等待"归欤"的友人。友人不愿随波逐流，和光同尘，而潜迹敛行，固穷寡欲，其高情远志、冰雪胸胆，知音者有几？人生悠悠几十载，何必羁縻红尘，为功名利禄奔命，枉送人生的快意自得？何如啸山泉，拥金樽，披襟散发弄扁舟以放荡形骸、葆我天然真性？友人彻悟人生真谛，不为名利所动，实在是有道君子、风流雅士。

　　山间偃仰无不至，石泉淙淙若风雨，桂花松子常满地。卖药囊中应有钱，还山服药又长年——偃仰：俯仰，流连栖迟。淙淙（cóng）：溪流奔泻声。卖药句：《后汉书·逸民传》："韩康，字伯休……京兆霸陵人，家世著姓。常采药名山，卖于长安市，口不二价，三十余年。"此处借用其典。隐士常以采药为生，服之以养生，卖之以自给。长年：长生。四句为诗人想像友人隐居山中后悠闲自得、啸泉呼雨的自在生活。山间胜景，无论远近深浅，凡可探及者，友人无不至也。清泉夹石跳涧潺潺自悠悠，如风雨飒飒清鸣。桂花自开自落，不因幽居山涧无人欣赏而敛瓣蹙额，清幽恬淡的香气直若仙风缭绕，素洁淡雅的花瓣如仙女飘然而下。卖药为生，市不二价，虽不富裕，却也恬淡自适，珍奇灵药偶于山中采得，服食还可延年。

　　白云劝尽杯中物，明月相随何处眠。眠时忆同醒时意，梦中可以相周旋——杯中物：指酒。陶渊明《责子》诗："且进杯中物。"何处眠：谓无处不可眠。眠时句：谓眠时于醒时心意相同。周旋：盘绕。四句写把酒独饮，谁谓寂寥？但有悠悠白云共相浅斟低唱。心底无私，睡眠何处不安？但有清风明月与我相得，眠时撩我如霜鬓发。诗人悠悠向往友人的仙风道骨、高情逸态，欲有追随，却苦于未了尘缘，但与友人梦中追随醒时思念，魂魄相交，醒醉同欢。

【新评】

　　友人将有归欤之志，诗人乐其高情，赋《还山吟》以申其意。全诗描写隐居生活的恬淡闲适，环境的优美清净、物态的消歇自然，与友人傲然自得、无处不适宜的人生态度丝丝相扣，将一高洁冲粹，放荡形骸，啸咏山林，与明月清风为侣的隐士形象活脱脱地再现出，其中也隐含着诗人对快意自适、无拘无束的隐士生活的悠然神往，和对自己人生不得意的惆怅。诗以杂言，除第一句三字以扣题外，其余皆为七言。韵脚三换，不拘一格，语言自由流畅，如风行水上。写意的笔法，简净的点抹，如一幅淡淡的水墨画，勾勒着高士逸人的风神简致。王尧衢《古唐诗和解》卷三谓："此篇从题起韵，写题二句，转调用叠韵五句，再转韵则六句，前紧促，后宽徐。"可参考。

别董大二首（其一）

【题解】

董大：敦煌选本题作"别董令望"，则董大为董令望，其人难考。全诗二首，顺序或有颠倒，今选其一。此诗为唐代送别体中脍炙人口的名篇。"千里"，一作"十里"。

千里黄云白日曛，北风吹雁雪纷纷。
莫愁前路无知己，天下谁人不识君。

【新解】

千里黄云白日曛，北风吹雁雪纷纷。莫愁前路无知己，天下谁人不识君——曛：日落时的余光，此处指天色昏暗。诗写阴云密布的冬日黄昏，天光惨淡，晦暗不明。凛冽的北风呼啸着席卷大地，鹅毛般的大雪纷纷扬扬，铺天盖地凌空而降，大雁凄唳地划过长空，寒荒凄凉的场景中，高适和友人在客店里把盏对饮，依依惜别，友人望着外面阴郁凄迷的天空，想着征程的渺茫艰辛、遥遥无尽，脸上也布满了和天空一样惨淡的颜色。诗人斟酒时的温存话语，殷殷祝福，款款深情，努力为好友摆脱征程的惆怅和孤闷。好友才华横溢，清名远播，四海之内遍交知己，前路虽杳，当有他乡路遇，到处逢迎，何必发愁路途寥落，人生孤寂？

【新评】

全诗前二句写景，渲染烘托环境氛围，凄凉惨淡的背景与惜别的黯然销魂融扣关合。短短两句诗，蕴涵有丰富的物象和深远的意境，莽阔的天地、密布的黄云、黯淡的天色、呼啸的北风、鸿雁南飞、大雪纷纷，这种阴郁的情调又与人物的怅惘、无言的悲叹和渺茫的征途构成一个苍茫凄迷、悲凉壮阔的意境。前二句的压抑、晦暗，至后二句忽然有一高昂的健举，开朗豁落的境界，如柳暗花明后绽放的春光，如劲健粗犷的山风，扫荡尽刚才的郁闷恼怅，让人有一种天清地阔、前途光明的神清气爽感。诗人豪迈豁达的胸襟、激昂慷慨的语调和自然朴素的语言，交辉互映，振作出唯有盛唐人才有的自信明朗的精神气质和意气风发的豪情壮语。徐增评此诗谓"妙在粗豪"（《而庵说唐诗》卷十一），盖唯其粗豪，才是此诗的真精神所在。

送前卫县李寀少府

【题解】

卫县：唐河北道汲郡属县，在今河南省淇县。李寀：不详。少府：县尉的别称。前卫县李寀少府，即李寀是前任卫县的县尉。诗题一本作"送前卫李寀少府"，或作"东平别前卫县李寀少府"。盖此诗作于诗人游山东东平郡时。诗抒发离情别意，是高适送别诗中的佳作之一。

　　黄鸟翩翩杨柳垂，春风送客使人悲。
　　怨别自惊千里外，论交却忆十年时。
　　云开汶水孤帆起，路绕梁山匹马迟。
　　此地从来可乘兴，留君不住益凄其。

　　黄鸟翩翩杨柳垂，春风送客使人悲——黄鸟：黄莺。翩翩：轻快地飞舞的样子。二句写春风骀荡的季节，百鸟和鸣，百卉呈妍。一群美丽的黄鸟上下翻飞，忽而在细柳垂杨间穿梭嬉戏，忽而放开荡人心魄的歌喉直冲云霄。如此春光烂漫，良辰美景，却有黯然销魂的离别撕裂这融融春色。杨柳风情万种，婀娜依依，却只堪行人攀折，徒惹离忧。

　　怨别自惊千里外，论交却忆十年时——二句写送人远行，其情难堪，更况乎是离别家乡千里之外的游子再送游子？月有阴晴圆缺，人有悲欢离合，此事古难全。有离别才有幽怨，有挂念，有真情的沉淀，与友相知十年，情投意合，异地相逢，有如萍聚，情何以堪？

　　云开汶水孤帆起，路绕梁山匹马迟——云开：云雾散开。汶水：见《东平路中遇大水》注。孤帆：友人乘坐的航船。起：启程。梁山：在山东东平县西南。匹马：指诗人独归的马匹。迟：缓慢而行。二句写云开雾霁，天空彩翠分明，烟波浩荡，汶水纵横东西，孤帆远影如缥缈的飞鸿载着寂寞的游子渐渐消失在地平线外，诗人匹马悠悠，五步一回头，十里一徘徊，在梁山逶迤的山路上彳亍向前。

　　此地从来可乘兴，留君不住益凄其——此地：指东平郡。从来：向来。乘兴：《世说新语·任诞》："王子猷（徽之，王羲之的兄弟）居山阴，夜大雪，眠觉，开室命酌酒，四望皎然，因起彷徨，咏左思《招隐诗》，忽忆戴安道，时戴在剡，即便夜乘小船就之。经宿方至,造门不前而返,人问其故,王曰:'吾本乘兴而行,兴尽而返,何必见戴?'"此处谓与友纵情游赏。益:更加。凄其:犹凄然,凄凉落寞意。二句写东平郡山清水秀,风光旖旎,使文人雅客每每逸兴遄飞,访名胜,览烟景,赋诗留墨,流连忘返。只是好友奔波于仕途,无以留驻,实在令人悲戚伤感。

首二句点出送别的时间,并以春之绚烂蓬勃,对比人之不合时宜的分别,使送别笼罩上一层迷离色彩和伤感愁绪。次联以身在异乡为异客,又与友作千里之别,衬送别之双重伤感,而十年知己的漫漫追思,又加重了这次送别的凄迷怅惘。七八句写送行,"开"字荡开一片苍茫,游子征程的缥缈杳深,意境深远,对句之"绕"又见出送别者依依留恋、愁肠百转的脉脉深情。一"远"、一"迟",远行者的孤帆远影、一去愁深和送行者的孤独驻望,匹马彳亍,点示着送行者怅望已久,尚自恋恋不舍。末联又增一层悲戚,春光烟景,失去友人的激昂指点,飞扬逸兴,徒增感怆。全诗意境开阔深远,情致缠绵悱恻,深挚动人,情景交融互会,对仗处相互生发唱叹,无论写景、述情、议论,皆非常到位,语浅情长,含蕴无穷,论者谓高适拙于情景交融,粗豪过分,此篇可以塞责矣。

留别郑三韦九兼洛下诸公

郑三、韦九,据刘长卿《客舍喜郑三见寄》、《客舍赠别韦九建赴任河南韦十七造赴任郑县就便觐省》,知郑三也擅诗,而韦九则名建,馀均不详。此诗是天宝八载(749)高适受职封丘县尉后于洛阳别友赴任而作。诗题或作《留别郑三韦九兼呈洛下诸公》、《留别洛下诸公兼赠郑三韦九》。诗中"蹇步"一作"蹇踬","县令"一作"县人"。

忆昨相逢论久要,顾君哂我轻常调。
羁旅虽同白社游,诗书已作青云料。
蹇步蹉跎竟不成,年过四十尚躬耕。
长歌达者杯中物,大笑前人身后名。
幸逢明盛多招隐,高山大泽征求尽。

此时亦得辞渔樵，青袍裹身荷圣朝。
犁牛钓竿不复见，县令邑吏来相邀。
远路鸣蝉秋兴发，华堂美酒离忧销。
不知何时更携手，应念兹辰去折腰。

【新解】

忆昨相逢论久要，顾君哂我轻常调——久要：《论语·宪问》："久要不忘平生之言，亦可以为成人矣。"孔曰："久要，旧约也，平生犹少时。"邢疏云："言与人少时有旧约，虽年长贵达不忘其言。"要，读平声。顾：回顾，回视。哂：嘲笑。常调：《新唐书·选举志》："其不第则习业如初。三岁而又试，三试而不中第，从常调。"这两句意思是，回想昨天与诸公相逢，谈及当年的旧约，诸君皆嘲讽我鄙视常调、自命不凡。

羁旅虽同白社游，诗书已作青云料——白社：《晋书·董京传》："初与陇西计吏俱至洛阳，被发而行，逍遥吟咏，常宿白社中，时乞于市。"后世遂以白社借指隐居地。青云：《史记·范雎列传》："须贾顿首言死罪，曰：'贾不意君能自致于青云之上。'"谓高位也。料：《说文》："料，量也。"这两句追忆当年，意思是说由于胸襟豪迈，虽羁旅困顿而视以为隐逸，更将诗书视为青云之资。

蹇步蹉跎竟不成，年过四十尚躬耕——《文选》卷二十一谢瞻《张子房诗》："四达虽平直，蹇步愧无良。"蹇，《说文》曰："蹇，跛也。"躬耕：谓从事农业耕作。谢灵运《初去郡》："庐园当栖岩，卑位代躬耕。"这两句意思是未曾料到多年以来仕途蹉跎，虽年逾四十仍然躬耕陇亩。

长歌达者杯中物，大笑前人身后名——达者：明达、通达之人。身后名：《晋书·张翰传》："翰任心自适，不求当世。或谓之曰：'卿乃可纵适一时，独不为身后名邪？'答曰：'使我有身后名，不如即时一杯酒。'时人贵其旷达。"这两句为愤激之言，表达身世失意后及时行乐之意，意思是人生当如达者那样，对酒当歌，及时行乐，何须追求身后之名！

幸逢明盛多招隐，高山大泽征求尽——明盛：开明盛世。《文选》卷四十五扬雄《解嘲》："今子幸得遭明盛之世，处不讳之朝。"招隐：《楚辞》有《招隐士》，淮南小山作。晋左思、陆机均有招隐诗，刘良注："思苦天下混浊，故将招寻隐者，欲以退不仕。"这里作招致之意。这两句写自己幸逢盛世，朝廷亲问岩穴，遍求隐者，征而为官。

此时亦得辞渔樵，青袍裹身荷圣朝——辞渔樵：结束隐逸生活。高适《赠别李少府》云："余亦悁所从，渔樵十二年。"青袍：官服。《唐六典》："袍之制有五:一曰青袍,二曰绯袍,三曰黄袍,四曰白袍,五曰皂袍。"《新唐书·马周传》:"三品服紫,四品、五品朱,六品、七品绿,八品、九品青。"高适任封丘县尉,为九品下阶,故言青袍。荷:承受,表示感激之意。此二句意思是自己因朝廷之征而得告别渔樵生活,身着官服,内心充满对圣朝的感激。

犁牛钓竿不复见,县令邑吏来相邀——犁牛、钓竿,泛指躬耕、渔樵生活。《论语·雍也》:"犁牛之子骍且角。"注:"杂文。"刘宝楠正义:"犁牛者,黄黑相杂之牛也。"这两句意思是为官后当年躬耕时的犁牛与垂钓时的钓竿皆不复再用,县令及邑吏皆来过访而殷勤相邀。

远路鸣蝉秋兴发,华堂美酒离忧销——华堂:雕饰华丽的厅堂,犹言明堂。《文选》卷十八嵇康《琴赋》:"若乃华堂曲宴,密友近宾,兰肴兼御,旨酒清醇。"这两句抒怀,表达滞久而得官后的喜悦之情,意思是说,沿途秋蝉鸣啼,逗发秋天的逸兴,华堂美酒更是让人流连忘返,忘却离别的愁苦。

不知何时更携手,应念兹辰去折腰——折腰:弯腰低首。《晋书·陶渊明传》:"吾不能为五斗米折腰,拳拳事乡里小人邪!"此二句诗人就题中"留别"着笔,感叹自己从此以后将不得不摧眉折腰事权贵,而不知何时再能与友人携手同游。

【析】

高适此诗作于由隐而仕之际,形象地反映了诗人当时的心态。一方面诗人为终于有机会进入仕途而高兴,但同时对于即将"作吏风尘"又心存戒惧。对此,宋人葛立芳《韵语阳秋》中曾有一段文字论高适,其文云:"意在退处者,虽饥寒而不辞;意在进为者,虽沓贪而不顾,皆一曲之士也。高适尝云:'吾谋适可用,天路岂寥廓。不然买山田,一身与耕凿。'可仕则仕,可止则止,何常之有哉?适有《赠别李少府》云:'余亦悽所从,渔樵十二年。种瓜漆园里,凿井卢门边。'《赠韦参军》云:'布衣不得干明主,东过梁宋无寸土,兔苑为农岁不登,雁池垂钓心常苦。'其生理可谓窄矣。及宋州刺史张九皋奇其人,举有道科,中第,调封丘尉,则曰:'此时亦得辞渔樵,青袍裹身荷圣朝。犁牛钓竿不复见,县令邑吏来相邀。'则是不堪渔樵之艰窘而喜求官之微禄也。一不得志则舍之而去,何耶?《封丘》诗云:'我本渔樵孟诸野,一生自是悠悠者。乍可狂歌草泽中,宁堪作吏风尘下。'其末句云:'乃知梅福徒为尔,转忆陶潜《归去来》。'则不堪作吏之卑辱而复思孟诸之渔樵也。韩退之云:'居闲食不足,从仕力难任。'其此之谓乎?"(卷十一)

葛氏此言,揭示了包括高适在内的古代文士较为普遍的局限性,虽然这种认识对高适未必完全适当,但是仍然具有一定的启发性。不过,对我们而言,主要还是应从诗的艺术表现上着眼。高适此诗立足现在而回望过去,同时展望未来。诗歌在感情上因此表现为复调的结构,既有对过去共同经历的回味,表现对过去的眷恋,又有对未来的期待,而这种期待又不全然是乐观,还有一些戒惧与忧虑,可见此诗感情较为复杂,体现了诗人精神境界之深广。从艺术上看,此诗作为七言古诗,流畅自如,一气呵成,颇能传歌行体诗之特点。

封丘县

封丘:唐县名,属陈留郡(汴州),在今河南封丘县。天宝八载(749年),高适经友人推荐,应制科中第,授封丘县尉,品秩在从九品上,职位甚卑,高适自视才高,此时年已半百,得此微官,心甚不得意,但家贫无以供给,只得迁就应位。此诗即写到任后,诗人逢迎长官、鞭挞黎民的痛苦矛盾心情,读来真实深切。一本题作"封丘作"。

我本渔樵孟诸野,一生自是悠悠者。
乍可狂歌草泽中,宁堪作吏风尘下?
祗言小邑无所为,公门百事皆有期。
拜迎官长心欲碎,鞭挞黎庶令人悲。
归来向家问妻子,举家尽笑今如此。
生事应须南亩田,世情付与东流水。
梦想旧山安在哉,为衔君命日迟回。
乃知梅福徒为尔,转忆陶潜归去来。

我本渔樵孟诸野,一生自是悠悠者。乍可狂歌草泽中,宁堪作吏风尘下——渔樵:打鱼砍柴。孟诸:古泽名,在河南商丘东北,接虞城边界。野:草野。悠悠者:无拘无束、自由自在的人。乍:犹言"只"。宁堪:怎堪,哪堪。作吏:只作封丘县尉。风尘:纷扰混杂的世俗。四句写诗人本是无拘无束、自由自在的草野中人,捕鱼打柴,捉鹰逐鹤,在孟诸泽边贫居陋守,耕田自养,虽褐衣粝食,家徒四壁,却也逍遥自在,如闲云野鹤。只可狂歌山野草泽,放浪江湖,怎堪受官职羁束,作吏微官,犬马风尘之下,使我不得开心颜?

祇言小邑无所为,公门百事皆有期。拜迎官长心欲碎,鞭挞黎庶令人悲——祇:同只。小邑:小县,指封丘县。无所为:没有可操持忙碌的事情。公门:公家,官家。有期:有限期。黎庶:黎民百姓。四句写小县邑清幽闲淡,按部就班,本以为可无所事事,高卧无忧,怎料官府大小事务皆有限期,文书纷至沓来,忙忙碌碌。还要俯迎长官,躬身事人,奴颜媚骨,曲意奉承,实在是低三下四,荡尽威严,身不由己。尤其鞭挞黎民百姓,呵斥呼蹋,作威作福,逞凶使霸,更让人悲痛欲绝,握鞭迟疑。

归来向家问妻子,举家尽笑今如此。生事应须南亩田,世情付与东流水——问:告诉。《战国策·齐策》:"或以问。"孟尝注:"问,告也。"妻子:妻子、儿女。举家:全家。生事:谋生之事。南亩:《诗经·豳风·七月》:"馌彼南亩。"此处泛指田地。世情:用世之心,出仕求官。四句写诗人鞭挞黎民的恻隐、卑身事人的羞惭无奈,归家向妻儿老小倾诉,却未得到家人的理解,反而受到了家人善意的嘲弄。诗人但觉无望,心生弃官归隐,躬耕陇亩的念头,而放弃积极用世、平治天下的鸿图抱负,一生抱道守真,固穷安贫。

梦想旧山安在哉,为衔君命日迟回。乃知梅福徒为尔,转忆陶潜归去来——旧山:指过去隐居处。衔君命:奉君命。迟回:迟疑犹豫。梅福:字子真,西汉末年九江郡寿春县(今安徽寿县)人,曾任南昌县尉,后弃官归隐,但仍忧济天下,关怀国事,曾数次上书言事,不被接纳,事见《汉书·梅福传》。徒为尔:徒劳无功,指梅福上书而言不用。陶潜:即陶渊明,东晋浔阳柴桑(今江西九江)人,曾任彭泽县令,不愿为五斗米折腰向乡里小儿,在官八十天,弃官归隐,并赋《归去来辞》以表志,事见《晋书·陶渊明传》。四句写诗人心仪山泉皋壤,缅怀逐风捉月,自由自在的隐居生活,但奉君命卑居吏位,迟疑不去,为薄俸悾悾惶惶,奔走风尘,实在是身不由己。何必像西汉梅福那样虽系念朝廷,心忧天下,却不见重用,徒行吟泽畔,憔悴枯槁耳。反不如陶潜翛然来去,遗禄归耕,得以把酒对菊,忘怀世情

高适半生落魄,沉沦草野,默默无闻,穷困潦倒,然其心常存高远,长风破浪之志,未尝泯灭。偶得一县尉小官,又须屈才昧己,俯仰他人,鞭挞黎庶,其情何堪?诗人的种种矛盾苦闷,无处诉说。虽欲狂歌大笑,逃禄归田,然衣食无托,儿女待哺,惆怅徘徊于出处歧路口。全诗通过诗人内心种种对立矛盾的丝丝抽绎,反复吟唱,将诗人苦闷犹豫、迷惘无助的内心情感淋漓尽致而又真实

感人地表现出来。叙述语的一唱三叹,回环跌宕,也加重着这一层怅惘。七言歌行的开合自如、洋洋洒洒,兼之饱满深厚、百转千回、起伏动荡的感情,使全诗但有风行水上,风云相击之势。激昂慷慨中亦见出诗人丰富真实、粹美正直的人格魅力。

使青夷军入居庸三首

题解

青夷军:当作清夷军。为唐朝戍边军队之一。归属范阳节度使安禄山统领,置兵万人,马三百匹,治所在妫(guī)川郡(今河北省怀来县东南)城内。居庸:关名,唐代亦称蓟门关,位于居庸山中,峭壁对峙,地势险要,是重要军事关口。此诗作于天宝十载(751)冬,高适时在封丘县尉任上,受命送新募的兵卒至清夷军。全诗三首,第一首写送军征程之艰苦。第二首写思乡及归隐心志。第三首写出处矛盾,抒老大无成的愤慨。第三首中"栖遑",一作"栖迟"。"冰",一作水。"雪",一作"云"。

其 一

匹马行将久,征途去转难。
不知边地别,只讶客衣单。
溪冷泉声苦,山空木叶干。
莫言关塞极,云雪尚漫漫。

匹马行将久,征途去转难。不知边地别,只讶客衣单——将:且。别:异,指边地风物、气候与内地不同。讶:惊讶,疑惑。四句写诗人送兵已至北地,跋涉已久,风物、气候渐与内地不同。北国漫漫荒原,风霜严烈,路途但觉越来越艰苦,厚重的冬衣也渐不能抵挡北地的风寒,如单衣在身。

溪冷泉声苦,山空木叶干。莫言关塞极,云雪尚漫漫——苦:凄苦,形容溪流在寒风中流动得艰涩吃力,其声似如悲咽。干:指树叶枯萎。极:尽,远。四句写天气寒冷,大地冰封,山涧溪流失去往日的妩媚光鲜,收缩起一身的轻盈,艰涩地向前蠕动着。苍山在寒风中瑟缩着身子,再也不能招摇它亮丽青翠的云裳彩羽,几片枯黄焦干的叶子在北风中飒飒哀鸣,唱着挽歌,飘向枯冢。北国风寒如此,人何以堪?莫说关塞尚远在天边,此地已是冰天雪地了。

其 二

古镇青山口,寒风落日时。
岩峦鸟不过,冰雪马堪迟。
出塞应无策,还家赖有期。
东山足松桂,归去结茅茨。

【新解】

古镇青山口,寒风落日时。岩峦鸟不过,冰雪马堪迟——古镇:指居庸关。鸟不过:指山峰高险,鸟难以飞过。迟:缓行。四句写行至居庸关,清夷军尚在关外。居庸山,巍峨浩荡,高耸入云,山脉连亘绵延,重峦叠嶂,黯淡落日中静穆成一片苍郁凄迷、浑茫无限的幽色。关口峭壁如削,其势拔地而起,上摩青天,夹关对峙,如荷戟持戈的卫士森森然地守卫着关口。鸟触壁而返,愁叹其高绝,人却要攀缘而上,骑马过关。峥嵘山势,鸟道逶迤,冰雪封山,巉岩可畏,马行其上,险象环生,须谨小慎微,缓缓前行,才不至人仰马翻,滑坠山崖。

出塞应无策,还家赖有期。东山足松桂,归去结茅茨——出塞:清夷军已在关外,故称出塞。应无策:没有安边良策。此为反语,为诗人的愤激之语。诗人志情高远,怀系宏谟,只是无路请缨。其《东平路中遇大水》有:"纵怀济时策,谁肯论吾谋?"《蓟中作》:"岂无安边书?诸将已承恩。"即可证。赖有期:指此处送军出使是有限定日期,回家指日可待。赖:恃。东山:东晋谢安出仕前,曾隐居会稽东山(在浙江上虞县西南),后泛指山林隐居处。松桂:松子、桂花,当为隐士所食之物。松树、桂树,也是隐士常盘桓之所。茅茨:草屋。四句写自己鼠目寸光,才短位微,不足以担当出塞将军、坐守一方的大任,也无济危抚难的安边良策,县尉卑官,聊可栖迟,蓬门荜户,亦可托身。离家多日,思乡之念与日俱增。所幸此次出使,不过临时行役,归程指日可待。诗人感于怀才不用、半生落拓,归隐之心又渐渐升起:山林野壑,虽无甘脆肥酴之佳肴,餐风饮露,松子桂花,亦可颐养天年。田野绿畴,不见高堂华屋之美,茅屋草房,萧然环堵,君子居之,何陋之有?

其 三

登顿驱征骑,栖遑愧宝刀。
远行今若此,微禄果徒劳。
绝坂冰连下,群峰雪共高。

自堪成白首,何事一青袍!

【新解】

登顿驱征骑,栖遑愧宝刀。远行今若此,微禄果徒劳——登顿:上下,指山行艰难,忽上忽下。征骑:坐骑,所乘之马。栖遑:奔波不定,行色紧张。愧宝刀:指身怀武艺,而无处施展。微禄:微薄的俸禄,指诗人封丘县尉之职。四句写山行逶迤,地势险要,巉岩峭立,梯道湿滑,驱马其上,高低之势,倍增行程之苦。诗人引领众队前行,栖栖遑遑,奔波行役。虽有高远抱负却寄身微官,受人驱使,碌碌无为,空负了宝剑长虹之志,潜龙奋天之想,微薄俸禄又能解多少生活困窘,徒增羞辱、烦恼。

绝坂冰连下,群峰雪共高。自堪成白首,何事一青袍——绝坂(bǎn):极陡的山坡。坂:山坡。青袍:此处指县尉职。唐代制度八品、九品官服青色袍,县尉为从九品上,故称。四句写悬崖峭壁上垂挂着万丈冰凌,森森如冷剑长戟,群峰攒聚,峰顶白雪皑皑,直插云霄。身已半百,心也沧桑,仕途之念,早已渐磨渐淡,心灰意冷,弗如回乡后就辞官归隐,与清风明月永结同心,栖老田园,何必卑躬屈膝、听人颐指气使,作一不自由的小县尉呢?

【新评】

第一首写征途之艰苦和边地苦寒天气。五六句写景,观察细致入微,"泉声之苦"即形神妙肖地拟人化出初冬季节溪水乍着冰凌凄凄向前的艰涩之状,同时也是诗人内心悲愁的外射,木叶之干,既写出冬季树叶的枯萎焦干之状,烘染出冬之寒凉肃杀,也映带出诗人内心的苍凉。情景交融,兴会自然。第二、三首描写居庸关高险寒荒之状及诗人自感职微位卑,空有安边之策,而无路请缨,决心归隐山林的悲愤之情。诗人也果然在送军回乡后不久离官去职,躬耕陇亩。全诗重在抒情,抒发诗人壮志难酬,寂寞无闻的内心悲愤,而又能把这一情感移注于周围的自然环境的描写上,使边塞苍凉悲飒之景与内心的悲凉落寞融为一体。诗人虽较少使用借景抒情手法,但偶一为之,却运用自如。

自蓟北归

蓟北:蓟门之北,在今天津市蓟县东北,见前《蓟门不遇王之涣郭密之因以留赠》注。此诗写于天宝十三载(754)送军归来。一说写于开元二十一年(733)游燕赵南归时。诗写塞北寒荒之景,及对边帅用军失利的不满和诗人仕途不得意的牢骚。

驱马蓟门北,北风边马哀。
苍茫远山口,豁达胡天开。
五将已深入,前军止半回。
谁怜不得意,长剑独归来。

驱马蓟门北,北风边马哀。苍茫远山口,豁达胡天开——边马:边地战马。苍茫:浩渺迷离状。豁达:开阔辽远貌。胡:此处指北部契丹、奚等少数民族。四句写诗人于边塞蓟门北端驱马瞻望,荒原上莽莽荡荡一片秋黄迷离之色,塞草已腓,木叶凋零,北风野马般地驰骋冲突,夹着刺骨如利剑般的霜冷游气扫荡着北部天空、山原。远处边营传来几声战马的悲鸣,抖抖瑟瑟和着寒风传来,让人直有凄神寒骨之感。苍郁迷蒙的山脉渺无际涯地向前延伸着它亘古的神秘幽邃。走至山口,豁然开朗的一片天地,胡天清廓浩渺,通透辽远,将刚才披拂一身的苍山的晦涩拾掇起,诗人匆匆向前行去。

五将已深入,前军止半回。谁怜不得意,长剑独归来——五将:《汉书·匈奴传》汉宣帝本始二年:"遣御史大夫田广明为祁连将军,四万余骑出西河;度辽将军范明友三万余骑出张掖;前将军韩增三万余骑出云中;后将军赵充国为蒲类将军,三万余骑出酒泉;云中太守田顺为虎牙将军,三万余出五原。凡五将军,兵十余万骑,出塞各二千余里。"此处用此典以称唐朝边将。深入:谓深入敌境,攻城掠地。前军:谓在前线战场上作战的军队。止:犹只。半回:仅一半士兵归回。谓死伤参半。不得意:谓仕途蹭蹬,怀才不遇。长剑句:《战国策·齐策》载:冯谖为孟尝君的门客,自视高才,而不受重视,长倚柱弹铗(剑)而歌"长铗归来乎"?(来、乎皆为语助词)以申其不满及欲归之志,孟尝君遂待以上宾。后冯谖为孟尝君焚券市义,筑狡兔三窟,使其"为相数十年,无纤介之祸"。此处借此典申失意而归之旨。四句写唐朝边将已率戍边兵卒深入敌境,紧张激烈的战斗已打响了,烽火狼烟排地而起,杀气凝结住边地的风寒。然而战争结束后,军士伤亡惨重,半数已骨横朔野,魂逐塞草。诗人痛惜不迭,但恨无人识自己豪情壮志,遂致空弹英雄泪,失意独归。

首句即立意高远。"驱马"有纵览放怀、慷慨悲歌之意。一个孤独失意者的形象浮游于画面中。接着以塞北风寒、边马哀鸣,渲染出一片悲凉凄厉的气氛。三、四句以移动笔法写山行所见,"苍茫"、"豁达"显现出山内山外迥异的风光,简练而又精到自然。五六句写军事,潜隐着诗人对边将用兵不当,昏聩无能致使兵卒损失惨重的谴责和讽刺。末二句写自己有感于边事之失利,表达怀才不遇的悲愤之情。全诗涌动着一个孤独豪侠积郁已久的悲愤呐喊,表达时却不是惯常的直抒胸臆,而或以景寄,或以白描,或以使典用事,或抒情,来委婉跌宕出之。整首诗风格苍凉,感情沉郁,但意蕴深长。

答侯少府

侯少府:不详。从全诗内容看,或当作于天宝十载(751)诗人送兵至清夷军后南归途中。诗人路逢侯少府,寄诗以答其厚意。全诗自叙生平仕途经历及出使塞北,送军清夷的所见所感,并赞美侯少府的文事武功,表达自己欲辞官归隐的心志。"角巾",一作"渔巾"。

常日好读书,晚年学垂纶。
漆园多乔木,睢水清粼粼。
诏书下柴门,天命敢逡巡?
赫赫三伏时,十日到咸秦。
褐衣不得见,黄绶翻在身。
吏道顿羁束,生涯难重陈。
北使经大寒,关山饶苦辛。
边兵若刍狗,战骨成埃尘。
行矣勿复言,归欤伤我神。
如何燕赵陲,忽遇平生亲。
开馆纳征骑,弹弦娱远宾。
飘飘天地间,一别方兹晨。
东道有佳作,南朝无此人。

性灵出万象，风骨超常伦。
吾党谢王粲，群贤推郗诜。
明时取秀才，落日遇蒲津。
节苦名已富，禄微家转贫。
相逢愧薄游，抚己荷陶钧。
心事正堪尽，离忧宁太频。
两河归路遥，二月芳草新。
柳接滹沱暗，莺连渤海春。
谁谓行路难，猥当希代珍。
提握每终日，相思犹比邻。
江海有扁舟，丘园有角巾。
君意定何适？我怀知所遵。
浮沉各异宜，老大贵全真。
莫作云霄计，栖遑随缙绅。

【新解】

常日好读书，晚年学垂纶。漆园多乔木，睢水清粼粼——常日：素昔。垂纶：渔钓。纶：丝制钓线。隐士多以渔钓为乐，此处借指隐士生活。漆园：古地名，在今河南商丘县，庄子曾为漆园吏。乔木：高大的树木。睢水：发源于河南杞县，东流经唐宋州治所县城（今商丘）南。粼粼：清澈、明净的样子。四句写诗人自述少年隐居宋城的生活。平日遍览群书，经书史传，诸子百家，亦常手不释卷。晚年诗人心灰意冷，渐有退隐山林，垂纶江湖之念，游啸于漆园，息足乔木下，与树影共婆娑，泛咏皋壤，濯足清泉。

诏书下柴门，天命敢逡巡？赫赫三伏时，十日到咸秦——诏书：天子颁发于臣民的文书制诰，此处指征举的诏书。天宝八载（749），睢阳太守张九皋荐高适举有道科，解褐汴州封丘尉，此诏书即指此事。柴门：贫民陋居常以木柴为门，故称。此处为诗人对自己居所的谦称。天命：天子的命令。敢：岂敢，不敢。逡巡：迟疑，怠慢。赫赫：光明貌，此处形容伏天阳光的毒烈和炎热气氛。咸秦：本指咸阳。四句写天子征召进京应制科试举的诏书下达到蓬门荜户，诗人诚惶诚恐，感恩戴德，急急收拾行装上路，怎敢尚有怠慢迟疑。当时，正值三伏暑热高温天气，日头高照，诗人还是冒着酷暑，顶着烈日，日夜兼程，十日就到达了长安。

褐衣不得见，黄绶翻在身。吏道顿羁束，生涯难重陈——褐衣：平民所服粗布衣。不得见：谓已脱下去了。黄绶：系官印用的黄色绶带，此处指县尉官职，县尉官用铜印黄绶带。翻在身：反而穿在身。翻：反。此处指解褐授官。吏道：为吏之道，指作县尉的公务应酬。顿：即时。生涯句：往昔不堪回首。四句写来到长安，由于自己位卑身贱，皇帝虽赏识才华，制科中第，但龙颜难见，不过得一封丘县尉微官而已。为吏封丘，官不大，却事务繁忙，颇受拘束。往事不堪回首，追述之只能徒增伤感。以上十二句为诗人回顾自己过去的生活道路。

北使经大寒，关山饶苦辛。边兵若刍狗，战骨成埃尘——北使：指封丘尉上送兵至清夷军。经大寒：经历塞北冬季的苦寒天气。关山：指征程。饶：多。刍狗：古时结草为狗，供祭祀用，祭毕即弃去。后物凡轻贱者以刍狗称之。《老子》："天地不仁，以万物为刍狗；圣人不仁，以百姓为刍狗。"战骨：指士卒尸骨。四句写出使塞北，送兵至清夷军，正值严寒的冬天，北地苦寒，风霜严烈，冰天雪地，河山冰封素裹，关道险阻，危机四伏，征程倍加艰辛。边地士卒待遇不堪入目，将以犬马类之。经年下来，老兵旧卒多已骨横塞北，化成尘埃了。

行矣勿复言，归欤伤我神。如何燕赵陲，忽遇平生亲——如何：哪知。燕赵陲：燕赵的边界。平生亲：亲朋挚友。四句写归途遥遥，乡关何处？长亭短亭，行行重行行，渺茫无尽的征程似若漫漫人生路，孑孑独行。哪知在燕赵边界上，忽遇素昔知己，诗人若失侣的孤鸿野鹤欣欣然投向友人。

开馆纳征骑，弹弦娱远宾。飘飘天地间，一别方兹晨——纳：接待。征骑、远宾：皆为诗人自谓。飘飘：动荡不安。四句写侯少府盛情为诗人接风洗尘，高堂置宴，弦歌声声，美酒金樽，殷勤寒暖，诗人暂时忘却失意惆怅，怎奈今晨又要启程，此地一为别，孤蓬万里征，自己又将踏上征程远行。

东道有佳作，南朝无此人。性灵出万象，风骨超常伦——东道：指侯少府。佳作：诗文佳篇。南朝：指东晋之后偏安于江南的四个朝代：宋、齐、梁、陈。时文风尚形式华美，声律辞藻，错彩镂金，雕饰过甚，虽无大家，名家辈出。无此人：谓南朝诗坛众名家不及侯少府。性灵：气质灵性。出：超。万象：犹万类。风骨：一种刚健俊爽的风格神态，尤为汉魏、盛唐人所推崇。《文心雕龙·风骨篇》："辞之待骨，如体之树骸；情之含风，犹形之包气。结言端直，则文骨成焉；意气骏爽，则文风清焉。"常伦：普通物类。四句写侯少府诗文兼美，声情并茂，辞采华丽，风骨端翔，才气超众拔群，远非南朝诗人错彩镂金，只知雕缛之饰，而不知天赋粹美的灵逸之气与深厚跌宕的情感神韵。

吾党谢王粲，群贤推郗诜。明时取秀才，落日遇蒲津——吾党：犹吾辈。

谢：辞，不及。王粲：汉魏时著名诗人，建安七子之一，字仲宣，博学多识，曹植称其"文若春华，思若涌泉，发言可咏，下笔成篇"（《王仲宣诔》），刘勰以之为"七子之冠冕"（《文心雕龙·才略篇》），皆推举之甚。此处以王粲拟比侯少府。郤诜（xìshēn）：字广基，西晋著名才士，多才高博，有瑰姿逸态，泰始中诏举贤良直言之士，诜对策应第，拜议郎官，累迁雍州刺史，武帝曾于东堂会送，问诜曰："卿自以为何如？"诜对曰："臣举贤良对策，为天下第一，犹桂林第一枝，昆山之片玉。"此处借郤诜喻侯少府为众贤所推应举中第。按：唐朝科举考生除可由国子监、弘文馆等学校的生徒直接应举外，另有乡贡一门，为德才兼备而不属生徒者经乡里推荐，可参加科举。此处侯少府当为乡贡中举。明时：开明盛世。秀才：唐代秀才为进士的通称，而唐代推尊进士科。蒲津：亦名蒲坂津，古黄河渡口，在山西永济县西。侯少府将渡蒲津赴燕赵上任。四句写侯少府文采风流，逸气风发，博学多识，德厚质粹，众口皆碑，乡里众贤推举其赴京应试，果中进士之第。大唐盛世，开明圣主，凡天下英雄当遇时而起，风云际会，辅弼国君，经治天下，侯少府亦不计官职卑微，走马上任。落日渡口，与君相遇，同是天涯游宦者，风流互赏，苦乐共知。

节苦名已富，禄微家转贫。相逢愧薄游，抚己荷陶钧。心事正堪尽，离忧宁太频——节苦：苦守节操。富：多，指名声播扬于外，颇负盛名。禄微：俸禄微薄。薄游：淡泊的游宦，虽有取仕之心却不亟亟渴渴。夏侯谌《东方朔像赞》："以为浊世不可以富贵也，故薄游以取位。"抚己：安慰自己。荷：承担。陶钧：本为制陶器的转轮。《史记·鲁仲连邹阳列传》："是以圣王制世御俗，独化于陶钧之上。"后遂以圣王治天下为转陶钧。尽：谓尽情倾诉心事。离忧：即离愁。宁：怎奈。太频：过于匆促。六句写侯少府品节操守多为人谀美，盛名远播乡里乡外，但侯少府并未亟亟渴渴干谒求仕，依然淡泊心志，固穷守节，家中常常储无担米，褐衣鹑服，而口诵诗书，安之若素。知己相逢，但感慨游宦多年，依然两袖清风，阶位卑小，身荷天子股肱之任，即使微官，也当以天下为己任，兢兢业业，恪勤职守。秉烛夜谈，把盏对饮，满腹感慨，对知己欲以倾诉，而分手又在即，相聚匆匆，倾盖以对，深情厚谊，使离愁变得愈加凄凉。

两河归路遥，二月芳草新。柳接滹沱暗，莺连渤海春——两河：河南河北。诗人自塞北归封丘（属河南道），经过河北河南两道，此处谓归途。滹沱：河名，源出山西繁峙县，入河北省，与滏阳河汇入子牙河。四句写家乡须跨河北、河南两郡，路途遥杳，此时恰值早春二月，芳草流新，百卉吐妍，清泉已解冻，轻盈跳涧，滹沱河水汪汪洋洋，荡荡而流。岸边柳暗莺喧，春风闹绿，直接到遥远的渤海郡。

谁谓行路难,猥当希代珍。提握每终日,相思犹比邻——猥(wěi):谦词。当:接受。希代珍:世俗少见的珍奇。提握:执持吟赏侯少府的赠诗。终日:竟日,整天。犹比邻:曹植《赠白马王彪》:"丈夫志四海,万里犹比邻。"王勃《送杜少府之任蜀川》:"海内存知己,天涯若比邻。"四句写仲春三月,风荡绿开,花柳争暄,青春做伴,行路何难?当执持友人奉赠的文章锦绣,以寄旅途孤寂空虚和悠悠思念之情,吟诵在口,如与友人对面话来,天涯之外犹有比邻之温馨。

江海有扁舟,丘园有角巾。君意定何适?我怀知所遵——扁舟:小舟。《史记·货殖列传》:"范蠡既雪会稽之耻……乃乘扁舟,浮于江湖。"此处意指归隐。丘园:丘山田园,为隐士乐于栖迟处。角巾:有棱角的头巾,古代隐士多服之。适:去,归至。怀:内心。所遵:所遵从之路。四句写古代隐者高尚其志,以为世浊不可与为伍,或遁身山林,抱道守真,梅妻鹤子,野兽与群,或一叶扁舟,浮游于海,烟波钓叟,啸傲风尘。归欤之志暗长,诗人心怀已定,归至封丘便辞官肥遁,不知好友何去何从:是寄身微官,终其守节?还是浪迹丘园,潇洒送日月?

浮沉各异宜,老大贵全真。莫作云霄计,栖遑随缙绅——浮沉:仕途沉浮,此处指出世、入仕。异宜:随时异而各有所宜。老大:身老。全真:保持真性。真性是道家所崇尚的人的自然本性。云霄计:即飞黄腾达之志。缙绅:缙,插;绅,官服的衣带。古代士官上朝时常把朝芴插于衣带中,后世以仕宦为"缙绅"。四句写出处显微,但随缘任运吧,人生各有命数,时移势宜,何必强求?虽有老当益壮,穷且益坚之训,全性葆真,还我自然,虚无冲淡,守静养神,才是延年益寿的妙方,不要再有腾霄万里、飞黄腾达之志,不要再栖栖遑遑朝随肥马尘,暮叩富儿门,奴颜事缙绅。

全诗篇幅弘大,洋洋洒洒。前段自述仕途经历,从隐居商丘到应制科举中第授封丘尉,到北使送军,写出自己入仕的坎坷艰难及为官务羁束身不得自由的感慨。中间写路遇侯少府,感谢知己的深情厚意,谀美侯少府文质彬彬,才高学富及清节自持、盛名淡处的高风亮节。后段写乍遇又将离的人生飘泊感,诗人并自呈归隐之志以保持孤高清亮的自尊和纯真天然的质性。全诗层次分明,思路清晰,叙述、议论、抒情、描写,错落有致,交融互会,其中皆渗透着诗人饱满深厚的情感积蕴。无论自述生平,还是路遇知己,直至最后的深情依依的分别和商量归宿,皆如吐肺腑,发自衷心,使全诗情蕴如流荡不止的滔滔江河，语尽而意犹深长。结尾的欲归隐的斟酌、思量和抱定决心，尤真实深切。高适一生皆自许甚高，立志报国，经纶天下，不甘于蓬蒿草野、默默无闻，诗中多次反复申其志。年已半百，尚羁滞于小小县尉，诗人实在是悲愤失意、心灰意冷，归隐的选择见出是诗人经过多少痛苦的吞咽、失望的咀嚼后才不得不抛出的最后的消极抗争之呐喊。诗人回去后不久即辞官，就是一个悲壮的声音。全诗风格豪壮悲凉，雄深劲健中又见出清新秀雅的一面。

同诸公登慈恩寺塔

题解

慈恩寺，《长安志》："慈恩寺，在县东南八里，高宗在春宫为文德皇后立，故名慈恩。"此诗为天宝十一载（752）秋，高适在长安与薛据、杜甫、储光羲、岑参等同游慈恩寺而作，诸人亦皆有诗。岑诗题作《与高适薛据登慈恩寺浮图》，杜与储诗则并以《同诸公登慈恩寺塔》，杜并于题下注云："时高适、薛据先有此作。"可见高适此诗为首唱之作。题中"塔"或作"浮图"。

> 香界泯群有，浮图岂诸相？
> 登临骇孤高，披拂忻大壮。
> 言是羽翼生，迥出虚空上。
> 顿疑身世别，乃觉形神王。
> 宫阙皆户前，山河尽檐向。
> 秋风昨夜至，秦塞多清旷。
> 千里何苍苍，五陵郁相望。
> 盛时惭阮步，末宦知周防。
> 输效独无因，斯焉可游放。

新解

香界泯群有，浮图岂诸相——香界：谓佛寺。《维摩诘经》："有国名众香，佛号香积。其国香气比于十方诸佛世界人天之香，最为第一。其界一切皆以香作楼阁。"群有：万物。《文选》卷五十九王简栖《头陀寺碑文》："行不舍之檀而施洽群有。"李善注云："群有，谓有色无色，有想无想，以其不一，故曰群有。僧肇《维摩经注》曰：镜群有以通玄，而物我俱一。"泯群有，谓泯灭万物。浮图：指佛寺，后亦以称僧人。《弘明集》卷八："《经》云，浮图者，圣瑞灵图浮海而至，故云浮图也。"诸相：佛教谓诸差别之形相事物为诸相。《广弘明集》卷二十七下《随喜万善门二十九》："传写诸相，好显示于法身。"这两句的意思是，佛教以一切为空，泯灭万有，佛寺也是空幻不实之假相。

登临骇孤高，披拂忻大壮——披拂：《庄子·天运》："风起北方，一西一东，有上彷徨，孰嘘吸是？孰居无事而披拂是？"《释文》："披拂，风貌。"大壮：《周易·大壮》："象曰：'大壮，大者壮也。'"注："大者谓阳爻，小道将灭。大者获正，故利贞也。"这两句意思是，慈恩寺塔孤高直上，不免为登临而惊骇；秋风披拂，又为天地之清气而欣悦。

言是羽翼生，迥出虚空上——这两句写慈恩寺塔飞檐耸立，势如羽翼，迥然凌驾于虚空之上。

顿疑身世别，乃觉形神王——身世：身与世。鲍照《咏史》："君平独寂寞，身世两相弃。"身世别，谓身与世别。形神王：《庄子·养生主》："神虽王，不善也。"郭象注："夫始乎适而未尝不适者，忘适也。虽心神长王，志气盈豫，而自放于清旷之地，忽然不觉善之为善也。"《释文》："王，于况反。"这两句诗人写置身慈恩寺塔之上，恍然若超越了人世，便觉志气盈豫，精神闲放。

宫阙皆户前，山河尽檐向——向：《诗经·豳风·七月》："塞向墐户。"《毛传》："向，北出牖也。"这两句写登高所见，意思是登高远望，雄伟的宫阙与城外绵延的山河皆近在咫尺，好似在檐窗门户前一样。

秋风昨夜至，秦塞多清旷——秦塞：犹言秦地。塞，山川险阻之处。《史记·苏秦列传》："苏秦说惠王曰：'秦，四塞之国。'"李白《蜀道难》："尔来四万八千岁，不与秦塞通人烟。"这两句意思是，秋天已然随风而至，放眼秦川，满目清旷，令人心旷神怡。

千里何苍苍，五陵郁相望——苍苍：《诗经·秦风·蒹葭》："蒹葭苍苍，白露为霜。"五陵：《汉书·原涉传》："郡国诸豪及长安五陵诸为气节者，皆归慕之。"颜师古注："五陵谓长陵、安陵、阳陵、茂陵、平陵也。"郁：《诗经·秦风·晨风》："郁彼北林。"疏："郁者，林木积聚之貌。"这两句写秦地山川广袤，草木何盛，五陵之间，林木相接，彼此相望。

盛时惭阮步，末宦知周防——阮步：《三国志·魏书》卷二十一《王粲传》附《阮籍传》裴松之注引《魏氏春秋》："籍以世多故，禄仕而已。闻步兵校尉缺，厨多美酒，营人善酿酒，求为校尉，遂纵酒昏酣，遗落世事。……时率意独驾，不由径路，车迹所穷，辄恸哭而反。"阮步兵不当缩称阮步，或谓阮之窘步。末宦：谓官位低下，忝列于末。适时任封丘尉，故称。任昉《上萧太傅固辞夺礼启》:"往从末宦,禄不代耕。"周防:《后汉书·周防传》:"防年十六,仕郡小吏。世祖巡狩汝南,召掾史试经,防尤能诵读,拜为守丞,防以未冠谒去。"这两句用典,借咏古人言怀,意思是盛世之时怀抱未伸,却不能继踪阮籍,以闲放为乐;忝列末宦,哪里能像周防那样十六岁即为朝廷所重。

输效独无因,斯焉可游放——输效:谓输才效忠于朝廷。《三国志·吴书·孙皎传》:"吾值明主,但当输效力命以报所天。"游放:《晋书》卷五十六《孙楚传》附《孙绰传》:"绰字兴公,博学善属文,少与高阳许询俱有高尚之志,居于会稽,游放山水,十有馀年,乃作《遂初赋》以致其意。"这两句表达怀才不遇之感,意思是欲输效力命于朝而无由,只好游放山水。

新评

诗歌史上常有同一时代大家同游并题之盛,而为后世留下千古佳话者。天宝十一载(752)秋,高适与杜甫、岑参、储光羲、薛据等于长安同登慈恩寺塔,即堪称千古诗坛之盛事。一代诗人并聚长安,引无数后进竞折腰。清人王士禛在《池北偶谈》中即曾这样说:"盛唐高岑、子美诸公,同登慈恩寺塔赋诗,或云'秋色从东来,苍然满关中。五陵北原上,万古青濛濛'(岑),或云'秋风昨夜至,秦塞多清旷。千里何苍苍,五陵郁相望'(高),或云'秦山忽破碎,泾渭不可求。俯视但一气,焉能辨皇州'(杜)。此是何等气概!视章作,真小儿号嗄耳。每思高、岑、杜辈同登慈恩塔,高、李、杜辈同登吹台,一时大敌,旗鼓相当,恨不厕身其间,为执鞭弭之役。"(卷十八)

就高适此诗而言,作为首唱之作,诗人登高言怀,表达怀抱与志向。虽中心不平,但并不愤激,而是气多慷慨,风骨遒上。尤其是"秋风昨夜至,秦塞多清旷。千里何苍苍,五陵郁相望"几句,境界宏阔,最能见出诗人胸襟。故《唐贤三昧集笺注》谓此诗"风格清举,可与诸公作参观"。或以此诗开头两句用教乘中语义而对此诗有非议,其实这一点是由诗题决定的;而且最主要的是,诗人并未局限于教乘,除了开头两句照应题目之外,其馀部分仍然是即景言怀,并非寻常的登览赏景、寻幽览胜。

同薛司直诸公秋霁曲江俯见南山作

题解

据《年谱》,高适于天宝十一载(752)秋辞去封丘尉,而西游长安。曾与岑参、杜甫、储光羲、薛据等同游长安,并有唱酬往还。此诗即作于其间。高适另有《同诸公登慈恩寺浮图》,为同时所作。慈恩寺是长安名胜,在长安市南。薛司直:即薛据,盛唐诗人,河中宝鼎(今山西万荣县)人,进士及第,仕至水部郎中。《唐才子传》有传。司直:官名。《旧唐书·职官志》言:"太子詹事府设司直一人,正九品上。""司直掌弹劾官僚,纠举职事。"诸公:即杜甫、岑参、薛据、储光羲等人。秋霁:秋雨初晴。曲江:长安名胜之一。《太平寰宇记》卷二十五:"曲江池,汉武帝所造,名为宜春苑,其水曲折,有似广陵之江,故名。"康骈《剧谈录》:"曲江池,本秦时垲州。开元中,疏凿为胜境,南有紫云楼、芙蓉苑,西有杏园、慈恩寺,花卉环周,烟水明媚,都人游玩,盛于中和上巳之节,赐宴臣僚,会于山亭。"南山:即终南山,在长安南。全诗描写曲江美丽景色,并流露出对辞官以来隐居生活的欣悦之情。

> 南山郁初霁,曲江湛不流,
> 若临瑶池间,想望昆仑丘。
> 回首见黛色,眇然波上秋。
> 深沉俯峥嵘,清浅延阻修。
> 连潭万木影,插岸千岩幽。
> 杳蔼信难测,渊沦无暗投。
> 片云对渔父,独鸟随虚舟。
> 我心寄青霞,世事惭白鸥。
> 得意在乘兴,忘怀非外求。
> 良辰自多暇,欣与数子游。

南山郁初霁,曲江湛不流,若临瑶池间,想望昆仑丘——郁:苍郁。霁:雨过天晴,天光清明之色。湛(zhàn):清澄。瑶池:相传为西王母昆仑山居处的一玉池。昆仑山:在新疆、西藏之间,东入青海境内,重峦叠嶂,绵亘万里,气势极雄伟。此处借指被道教神化的西方神仙境界中的昆仑山。四句写终南山风景秀丽,远望去苍翠浑郁,轻烟缭绕,秋雨初霁,天光晴明,万里碧空,使人心胸为之放荡通透。涟漪轻开的曲江烟波浩淼,波光粼粼,清幽似沉潭,使人如临瑶池玉液,若坐昆仑仙山。

回首见黛色,眇然波上秋。深沉俯峥嵘,清浅延阻修——黛色:苍郁的山色。眇然:苍茫迷离的样子。深沉:谓曲江水深。峥嵘:山高峻的样子。阻修:曲折漫长。四句写回首终南山苍茫迷离,烟光凝黛,俯首曲江,清波叠浪,回青倒影,秋水长天共徘徊,排峦层嶂,于水中犹自峥嵘,水面清浅,曲曲折折,蛇回斗行,在天地交接处明灭隐现。

连潭万木影,插岸千岩幽。杳蔼信难测,渊沦无暗投——插:直立。杳蔼:深幽冥暗状。信:果真、确实。渊沦:深水。沦:沉。暗投:用明珠暗投典,见前《送魏八》注,此处以水深不可暗投,喻仕途艰难,不可轻举以试,流露出诗人对归隐的向往。四句写曲江河畔树木葱茏,蓊蓊郁郁,其影倒置水中,翩翩披拂,与柔波涵碧的江水相映成趣,岸边千岩耸立,怪石嶙峋,森森如牙,古苍的松柏缘石直立,婆娑着万年的幽寂沉静,宠辱不惊地漠视着世态风情、白云苍狗。南山雄伟壮阔,深杳苍茫,张弛动荡,显现出大自然的伟力,让人有"高山仰止"之敬慕。曲江渊深难测,掩着一帘的幽寂神秘,让人有望洋兴叹的敬畏感,不禁使人联想人生旅途荆棘榛莽、深壑险滩,危机四伏,险象环生,纵使青云直上,一朝得势亦如履薄冰,战战兢兢,难免有兔死狗烹之祸。生事艰辛,其如之何?

片云对渔父,独鸟随虚舟。我心寄青霞,世事惭白鸥——片云:一抹流云。虚舟:轻盈飘荡的小舟。青霞:青云。惭白鸥:《列子·黄帝》:"海上之人有好沤(鸥)者,每旦之海上,从沤鸟游,沤鸟至者百住而不止。其父曰:'吾闻沤鸟皆从汝游,汝取来吾玩之。'明日至海上,沤鸟舞而不下也。"此典以喻心存机心,动有欲念,则鸟兽亦不与之同群,后世遂以隐居江湖为"鸥盟"。四句写曲江上渔父划着轻舟自由自在地随波浮游,白云无心以自卷,飞鸟翩跹,与轻风戏逐,万象竞自然,各适其宜。我也悠然神往烟霞山水,欲与白鸥为盟,追随赤松子游,怎奈身缠世事,欲罢不能,如羝羊触藩,进退两难,只得羁牵于世俗。

得意在乘兴,忘怀非外求。良辰自多暇,欣与数子游——乘兴:乘兴之所至,任意而为。忘怀:忘却得失,身心两忘。暇:空闲。数子:指杜甫、岑参等诸公。四句写人生得意处在脩然自适,能不羁滞于俗务,身心两忘,无为物累,心不外求,则此心安处是吾乡,人生到处是山水烟霞,风流胜地。良辰美景,闲暇放旷时,有风流雅士、文章雄豪结伴而游,实在令人欣然自得,乐不思蜀。

诗为游记体,前段写游记所见,写曲江之深涵苍茫,树木、山岩之回青倒影,写终南山之云销雾霁,烟色如黛,以联偶笔法,山水对举成韵,交互成篇,描绘出长安盛景曲江的山水之美。中间二句"杳蔼信难测,渊沦无暗投"为过渡语,承上启下,由山之深渺难测、水之幽寂冥暗引出人生多艰、仕途多舛的悲叹及欲避世归隐的决心,自然生动,委婉含蓄。末段抒写自己心寄青霞、与白鸥为群的归隐向往，体现出诗人因与诸公游赏，暂时忘怀失意之悲后的愉悦欣然。我们从这里庶几看到了极富功名心的高适也有洒然游处的文人情怀。

送李侍御赴安西

【题解】

李侍御：不详。侍御，官名，唐代殿中侍御史、监察侍御史通称为侍御。安西：即安西节度府，包括龟兹、于阗、疏勒、碎叶四镇，治所在龟兹（今新疆库车县）。此诗写作年代不详，姑系于此。友人将赴西域，诗人表达留恋和祝福、劝勉之情。

行子对飞蓬，金鞭指铁骢。
功名万里外，心事一杯中。
虏障燕支北，秦城太白东。
离魂莫惆怅，看取宝刀雄。

行子对飞蓬，金鞭指铁骢。功名万里外，心事一杯中——行子：指李侍御。飞蓬：蓬草。《埤雅》："蓬，末大于本，遇风辄拔而旋。"常用以比喻漂泊不定的游子。金鞭：马鞭，因以金属装饰故名。铁骢：马的一种。《尔雅·释畜》："青骊，駽。"注曰："今之铁骢。其毛青黑色相杂，故谓之铁骢。"此处指李侍御所乘之马。万里外：指安西遥在万里之外的西域。一杯中：指送行的饯别酒宴。四句写李侍御将赴安西，茕茕独行，匹马相对，漂泊旅途，如飞蓬般难寄行迹。安西远在天一涯，关山遥阻，江河冷落，其行何以堪？诗人绸缪缱绻，为友人此行牵肠挂肚。李侍御整装待发，铁马金鞭，意气昂扬，风尘不顾，寄身万里外，但谋一功名，塞外苦寒将铸就一铁血男儿、马上将军乎？十里相送，长亭饯别，酒深语浅，情意殷殷。斑马萧萧，秋风悲飒，人生总是聚少离多。

虏障燕支北，秦城太白东。离魂莫惆怅，看取宝刀雄——虏障：即遮虏障。汉代筑，即居延塞，在今甘肃酒泉县北。障：为秦汉时于边塞险关设置的要塞。燕支：山名，即焉支山，又名大黄山，在今甘肃山丹县东南。秦城：指长安，古属秦国。太白：山名，为终南山主峰，在长安南郊。看取：即看着。取：语助词。宝刀雄：指身佩宝刀所展现的英雄豪气。四句写安西在遮虏障、燕支山更西北的西极,与长安、终南山对角于东南,天涯相隔,山长水阔,此地一别,孤蓬万里,"丈夫志四海,天涯犹比邻",何必作小儿女状,分手歧路,泪洒襟衫?当看取凛凛宝刀,铮铮铁剑,驰骋疆塞,杀敌报国,立功取爵。

诗写送行,诗人虽有离别惆怅与依依不舍之情,但却写得昂扬高亢,饱满丰沛。首句"行子"、"飞蓬"有黯然销魂之意,金鞭句则又向上一指,风气振发,有跌宕之势。"功名"二句,属对严切,简净中含蓄深厚,语尽味长。胡震亨《唐音癸签》卷十一:"太白'人分千里外,兴在一杯中',达夫'功名万里外,心事一杯中',似皆从庾信之'悲生万里外,恨起一杯中'来。而达夫较厚,太白较逸,并未易轩轾。"五六句以四个地名,两个方位名词写两地天涯、山重水阻之远,语无涩滞、堆垛之险,却沉郁厚重,意味深长。末二句尤写得健举劲拔,豪气峻发,有对友人的劝慰勉励,也见出诗人积极明朗的人生态度与豁达通脱的心胸。

登 垅

一本题目下注"应作陇,诗同"。则诗题首二句之垅,当为陇。陇,即陇山,亦称陇坂,在今陕西陇县西北。《后汉书·郡县志》"汉阳郡"刘昭注引《秦州记》:"陇山东西百八十里,登山颠东望,秦川四五百里,极目泯然。山东人行役升此而顾瞻者,莫不思悲。"《旧唐书·高适传》:"客游河右,河西节度使哥舒翰见而异之,表为左骁卫兵曹,充翰府掌书记。"诗中"浅才登一命"即指此事。诗写于天宝十二载(753)赴哥舒翰河西(河西治所在凉州,今甘肃武威)、陇右(治所在鄯州,今青海乐都县)节度途中。诗人登陇坂瞩望,感慨万千,既感知己,亦思故乡。诗即写这种复杂情绪。

陇头远行客,陇上分流水。
流水无尽期,行人未云已。
浅才登一命,孤剑通万里。
岂不思故乡,从来感知己。

陇头远行客,陇上分流水。流水无尽期,行人未云已——陇头:陇头水边。《乐府诗集》卷二十一引《三秦记》:"(陇山)其坂九回,上者七日乃越,上有清水四注下,所谓陇头水也。"远行客:诗人自谓。未云已:指行程未止。已:罢止。四句写驱马陇头,秦川荡荡,山河萧条,澄空万里。陇坂之水东西分流,蜿蜒绵亘,向远方延伸,九曲回肠,流而无尽。诗人匹马独行,漫漫征程,行路未已。

浅才登一命,孤剑通万里。岂不思故乡,从来感知己——浅才:薄才浅识,诗人自谦。登:进。一命:官秩之最微者。周代官秩有九命,一命最低。高适任掌书记之职,位仅次判官,"掌朝觐、聘问、慰荐、祭祀、祈祝之文与号令升黜之事,行军参谋,关预军中机密"(《新唐书·百官志》),是幕府中的重要文官,此处亦为高适自谦之词。孤剑:仗剑孤行。通:达、至。万里:形容极遥远,指诗人将赴的河西、陇右节度。知己:指哥舒翰。四句写诗人自谓才薄学浅,孤陋寡闻,受哥舒翰元帅赏识,得忝居河陇幕府掌书记,愿不辱重托,效才呈命,不遗余力。虽有家园之思,但身为男儿,自当报知遇之恩,奋不顾身,保家卫国,但将缱绻私情,放置一边。

诗人寄身山林,躬耕陇亩,抚剑悲歌,即为宝刀十年磨砺而冀于一用,蒙哥舒翰元帅慧眼独识,委以重任,使诗人如大鹏遇长风而得以展翼。辞乡赴行,一路千山万水,不禁感慨万千。全诗前半部分即为触景生情之笔,笔触有回肠荡气之势;后段慷慨悲壮,豪迈健朗,一扫前段之黯淡低沉。全诗前段风格略近汉乐府,比兴物象,表达委婉曲折,怊怅切情,格古调远;后段则颇有建安风骨,慷慨气长,声壮调高。全诗语言亦极自然朴素,深衷浅貌,含蓄悠长。

金城北楼

金城:郡名。天宝元年(742)兰州改为金城郡,治所在金城县(今甘肃兰州市)。此诗作于诗人赴河陇途中。诗写北楼瞩望之景,流露出诗人此次入幕的复杂心情。

北楼西望满晴空,积水连天胜画中。
湍上急流声若箭,城头残月势如弓。
垂竿已谢磻溪老,体道犹思塞上翁。
为问边庭更何事?至今羌笛怨无穷。

新解

北楼西望满晴空,积水连天胜画中——二句写于金城北楼驿馆西望,天朗气清,一碧万顷,风烟俱净,彩翠分明,江水沉静如白练,碧波不起,沉潭清幽,回青倒影,直令人心旷神怡,逸兴遄飞。

湍上急流声若箭,城头残月势如弓——湍:急流。二句写江水流急,飞湍似箭,鼓浪喧天。天空残月如弓,宁静高洁,清新旷远。诗人风清月白之夜,盘桓关塞驿馆,异地风情别韵以及新的仕途环境,令诗人辗转床前,思绪万千。

垂竿已谢磻溪老,体道犹思塞上翁——垂竿:垂钓,指隐逸。谢:辞。磻溪老:指商末辅佐周武王灭商建立周朝的姜太公吕尚。传说吕尚出仕前曾隐居于渭水之北,垂钓于磻溪,得玉璜,与周文王遇于此。这里泛指隐士。磻溪,为渭水支流,在今陕西宝鸡市东南,见于《水经注·渭水》。体道:体悟人生至理。塞上翁:《淮南子·人间训》:"近塞上之人,有善术者,马无故亡而入胡。人皆吊之,其父曰:'此何遽不为福乎?'居数月,其马将胡骏马而归。人皆贺之。其父曰:'此何遽不能为祸乎?'家富良马,其子好骑,堕而折其髀。人皆吊之,其父曰:'此何遽不为福乎?'居一年,胡人大入塞。丁壮者引弦而战,近塞之人,死者十九,此独以跛之故,父子相保。"成语"塞翁失马,焉知非福"即来自此典。老子有"祸兮福之所依,福兮祸之所伏"之语,均表达同样的道理。二句写诗人为感哥舒翰节度使知己之遇,本已心灰意冷的出仕念头又重新燃起,谢别山林泉壑、高霞青松,诗人整饬身心,俨装出行。古训有"塞翁失马,焉知非福"、老子有"祸福相依",皆明达人生,洞透世运的至理名言,实在发人深省。面对依稀曙光微现的前途,诗人搔着鬓白霜发,徘徊在高楼明月下。

为问边庭更何事?至今羌笛怨无穷——边庭:边塞。羌笛:古代西域少数民族的吹奏乐器,有三孔、四孔、五孔之别,汉代已传入。怨:语带双关。一指羌笛声悲咽幽怨;一指戍卒久戍边关,闻羌笛之声生思乡情愁。王之涣《凉州词》:"羌笛何须怨杨柳,春风不度玉门关。"二句写边庭未靖,戍卒有家难回。闻羌笛幽怨,而泫然出涕。

前四句写金城北楼所见,江山如画,雄伟壮美,诗人留恋游目,不胜感慨。五六句写赴任前诗人心绪难以宁静,对此诗人抉择再三。末二句又表现出诗人忧济国事,同情戍卒的悲天悯人的情怀。全诗寓目直笔所见所闻,有远有近,有静有动,交互错落,将西部风光的清明旷远、风烟俱净、急湍奔泻、残月凌空的最生动自然的景象表现出,让人有身临其境的悠然神往。后段为议论,诗人不再是年轻时的血气方刚、直莽粗犷,而多了些深沉和沧桑感,面对突如其来、冀望已久的仕途腾达,诗人并没见浮躁急进和得意忘形的仰天长笑出门去,而是以老氏的祸福相依来斟酌此行,并以真实的同情弱者和深切的关心国事证明了自己的立身的坦荡和以天下为己任、功名利禄等而次之的胸怀,比之普通文士的得志而狂,更见出高适深沉、稳重的政治人格。

送刘评事充朔方判官赋得征马嘶

刘评事:其人不详。岑参有《函谷关歌送刘评事使关西》,或当为同一人。评事,职官名,掌出使推按,平决刑狱,属大理狱。朔方:指朔方节度使,治所在灵州(今宁夏灵武县西南)。判官:官名。唐代节度、观察、团练、防御诸使,各有判官一人,协理政事,总掌军务,位次副使。赋得:是以限定的诗题作诗。"征马嘶",为所限定诗题。古乐府有《征马嘶》。唐汝洵曰:"唐人送别各赋一物以为赠,故以'征马嘶'为题。言马向朔方哀嘶不息,其思幽深,以带别为然,声更凄绝,为兼秋而甚。于是涉歧路之风,对关山之月,行渐远而愁日深。从此而去,何日当还也?"诗写送别之情。

征马向边州,萧萧嘶不休。
思深应带别,声断为兼秋。
歧路风将远,关山月共愁。
赠君从此去,何日大刀头。

征马向边州,萧萧嘶不休。思深应带别,声断为兼秋——边州:边境山区,此处指朔方。萧萧:马鸣声。思:离别愁绪。此处写马鸣悲切,似解人的分别意。带别：夹杂别离情绪。声断：鸣声凄绝。兼秋：兼有秋的萧瑟苍凉。四句写好友将入幕朔方，担纲军务重任，整鞍秣马，挥剑告别，马鸣萧萧，凄凉肃杀，和着征人离别忧愁，声断晴空，遍披清秋悲凉之雾。

歧路风将远，关山月共愁。赠君从此去，何日大刀头——歧路：古人分手常在岔路口。将：带，伴随意，与下句"共"属对。赠君：赠送刘评事大刀。何日大刀头：《乐府解题》："大刀头者，刀头有环也。何当大刀头者，何日当还也。"句用隐语，大刀当还，而人亦归还也。四句写歧路分手，洒泪告别，秋风悲飒，似助人悲愁，翩翩秋叶，随风起舞，与离人愈远愈绸缪，似有无限惜别意。关山清月如钩，不敢展团圞笑脸，坐于碧海青天排筝拢琴，抒圆缺之憾。赠君宝刀，愿友人持之驰骋沙场，杀敌立功，早日归还。

诗写送别，风格清雄峻发，豪迈悲凉，气壮声高，格高调远，读之如驻足莽莽北国旷野，听清越凄厉的悲笳。雁阵和鸣，风萧云漫，两豪侠挥剑使气，目送哀鸿，慨当以慷。高适诗总涌动着一股热血沸腾又悲凉壮烈的英雄气，颇有荡气回肠之感。全诗前六句写送别时的环境氛围，征马哀鸣、秋风悲飒、清月献愁，与离别之缱绻柔情及殷勤祝福的情怀融合起来，达到情以景寄，情景妙合无垠的效果。

送浑将军出塞

浑将军：盖指浑惟明，为皋兰（今甘肃兰州）府都督。浑惟明曾做哥舒翰部将。天宝十三载（754）三月，哥舒翰为其部将论功的名单中有浑惟明，本年表奏其为云麾将军。全诗叙及浑将军的家世、战功及驰骋沙场、英勇杀敌的英雄气概。

将军族贵兵且强，汉家已是浑邪王。
子孙相承在朝野，至今部曲燕支下。
控弦尽用阴山儿，登阵常骑大宛马。
银鞍玉勒绣蝥弧，每逐嫖姚破骨都。
李广从来先将士，卫青未肯学孙吴。
传有沙场千万骑，昨日边庭羽书至。

城头画角三四声,匣里宝刀日夜鸣。
意气能甘万里去,辛勤动作一年行。
黄云白草无前后,朝建旌旗夕刁斗,
塞下应多侠少年,关西不见春阳柳。
从军借问所从谁?击剑酣歌当此时。
远别无轻绕朝策,平戎早寄仲宣诗。

　　将军族贵兵且强,汉家已是浑邪王。子孙相承在朝野,至今部曲燕支下——汉家:汉代。浑邪(yě)王:《汉书·霍去病传》载,汉武帝元狩三年(前120),匈奴单于怒浑邪王居西方数为汉朝所破,亡数万人,数诏诛之,浑邪王畏惧,于是降汉,封为漯阴侯。据《新唐书·宰相世系表》:"浑氏出自匈奴浑邪王。"盖浑将军为浑氏后代。朝野:指在朝为官,或在野闲居。部曲:犹部队。此处指浑氏族私属部队。燕支:见前《送李侍御赴安西》注。唐因其浑氏部属于皋兰,置皋兰都督府,故曰部曲燕支下。四句写浑将军出身高贵,名门后裔,祖上可推至汉代霸守西域、归降汉朝的浑邪王族。世代显宦相承,受皇恩隆遇优渥,家族内有募兵,精悍勇鸷,在燕支山下屯兵驻扎,保边防塞,独当一方。

　　控弦尽用阴山儿,登阵常骑大宛马。银鞍玉勒绣蝥弧,每逐嫖姚破骨都——控弦:拉弓射箭。控,引。此处以物借喻人,指兵卒。阴山儿:指阴山下强悍勇武、擅于骑马射箭的少年壮士。阴山:在内蒙古境内,起于河套地区,绵亘万里,东与内兴安岭相连。登阵:上阵。大宛马:大宛(yuān),为西域国名,其地盛产宝马。银鞍:银做的马鞍。玉勒:以玉石装饰的马络头。蝥弧(máohú):旗名。《左传·隐公十一年》疏:"郑有蝥弧,诸侯之旗也。"此处指军旗。嫖姚:指汉代名将霍去病,曾为嫖姚校尉,率兵大破匈奴,威震西域。此处指哥舒翰。骨都:汉匈奴设有左右骨都侯。四句写浑将军属下兵强将勇,多募用善于弯弓控弦、骑马征战的阴山少年,跨下战骑出自西域大宛的汗血良种,全身赤红无片羽杂毛,远望如奔腾的火焰,再饰以银鞍玉络头,云蛇般挥舞的军旗夹峙两边,将军骑马驰骋,雄姿英发,直如天兵驭神龙,随时有腾云排空之势。将军不愧为威震西方、神武不凡的浑邪王后代,追随哥舒翰元帅南征北战,攻城掠地,英勇杀敌,奋不顾身,立下战功赫赫。

　　李广从来先将士,卫青未肯学孙吴。传有沙场千万骑,昨日边庭羽书至——李广:汉之名将,号之"飞将军"。与匈奴转战多年,英勇无畏,名震西域。从来:向来。先将士:指李广行军作战,身先士卒,同甘共苦。《史记·李将军列传》:

"广廉,得赏赐辄分其麾下,饮食与士共之。……将兵,乏绝之处,见水,士卒不尽饮,广不近水。士卒不尽食,广不尝食,宽缓不苛。"卫青:汉之名将,皇后卫夫人弟弟,拜为大将军,曾七出匈奴,战绩显赫。未肯学孙吴:《史记·卫将军骠骑列传》:谓"天子尝欲教之(霍去病)孙吴兵法,对曰:'顾方略何如耳,不至学古兵法。'"谓当重战场实际应战权变,不可拘于纸上的兵法布阵之术。按,此典当为霍去病,为高适笔误。此处以李广、卫青比拟浑将军。孙吴:孙武、吴起。孙武,战国齐人,古代著名军事家,著有《孙子兵法》十三篇。吴起,战国卫人,好用兵,亦著《兵法》传世。《史记》中有二人合传。传:传达征兵意。羽书:见前《燕歌行》注。四句写浑将军行军作战像李广那样,总是身先士卒,宽缓礼下,与战士忧戚与共,战绩先让位次者,赏赐先与贫寒兵,士卒亦奋不顾身,与其生死相随。浑将军像卫青那样,智勇过人,应变有术,排兵布阵,善于观察敌势和实际地形,深谋远虑,料敌制胜,不为兵书布阵之法所拘,不做纸上谈兵的将军。昨天羽书飞至,边庭告急,要向前线紧急征调成千上万的戍卒。

　　城头画角三四声,匣里宝刀日夜鸣。意气能甘万里去,辛勤动作一年行——画角:雕饰有花纹的号角,号令三军进退布阵之用。匣里宝刀句:相传古帝颛顼高阳氏(黄帝之孙)有曳影之剑,"未用之时,常于匣里如龙虎之吟"(见王嘉《拾遗记》卷一)。此处表示浑将军求战心切,跃跃欲试。意气:此处指从军作战的勇气。甘:甘心。万里:指转战南北。动作:行军作战颠沛奔波之状。四句写城头号角悲鸣呜呜,战争一触即发之时,将军匣囊宝刀亦有虎啸龙吟的响应。将军求战心切,欲率其雄兵,突刃触锋,驰骋沙场,扫净边寇。纵然戎马倥偬,连年颠沛,亦在所不辞。

　　黄云白草无前后,朝建旌旗夕刁斗,塞下应多侠少年,关西不见春阳柳——白草:西域沙漠特有的牧草,干熟时呈白色,质地坚韧。无前后:漫延无尽。建:竖立。刁斗:见前《燕歌行》注。塞下:边塞。关西:指玉门关以西。唐玉门关在今甘肃安西附近。不见春阳柳:意同王之涣《凉州词》"春风不度玉门关"。边塞苦寒,春天迟到,柳色青迟。四句写放眼望去,边塞白草萋萋,茫无际涯,风吹草低,起伏如浩森的海洋,天空黄云滚滚,气郁萧森。行军作战、进退行止,号有画角、瞻有旌旗,刁斗声声,以备偷袭。军容严整,士气高涨,浑将军麾下兵强将勇,神武强悍,少年豪侠个个意气风发,英姿飒爽。玉门关北风苍劲,严霜苦长,三春已过,杨柳却不见半点春色。绿色尚徘徊在玉门关内,迟迟不敢叩关,它也是畏怯边地的苦寒吧,而战士却依然热情洋溢、慷慨高歌。

　　从军借问所从谁?击剑酣歌当此时。远别无轻绕朝策,平戎早寄仲宣诗——借问:请问。所从谁:用王粲《从军诗》意:"从军有苦乐,但问所从谁。所从神且武,焉得久劳师。"王粲跟从曹操征战张鲁,此借指浑将军跟随哥舒翰。酣歌:酣饮高歌。绕朝策:绕朝,春秋时秦国大夫。策:马鞭。《左传·文公十三年》载:晋人士会为秦国所用,晋国患之,施计把他赚回。士会自秦临行时,"绕朝赠之以策,曰:'子无谓秦无人,吾谋适不用也。'"此处赠策以表送别之意。平戎:消灭戎敌。戎,是对西域少数民族的蔑称。仲宣:三国王粲字仲宣。四句写浑将军将随哥舒翰征战南北,乘危蹈险,当击剑起舞,对酒酣歌,唱尽英雄豪气。将军出塞,诗人送行,惜别依依,但致款款殷勤意,凯旋归来时勿忘早寄《从军诗》。

新评

诗写送别。诗人仅将送行意于末四句表达出,而用大段篇幅述浑将军出身高贵、家世显赫、部曲兵强将勇及其身先士卒、宽缓待下,转战南北、不辞艰辛颠沛的高尚品质。描绘出一智勇双绝、英勇善战的边关将领形象,如一部英雄史诗。诗人饱含着敬慕和钦仰之情娓娓诉来,洋洋洒洒,不辞繁富之苦,其中也潜隐着诗人对建功立业、杀敌报国的深沉向往之情。全诗笔墨挥洒自如,张弛有度,时用偶句,而能驱遣自如,粗犷健美的格调、豪迈雄壮的气势和不经装束、脱口而出的语言,使全诗一气贯注,酣畅淋漓而又摇曳多姿。

武威作二首(其一)

题解

一本诗题作《登百丈峰二首》。武威即凉州。天宝元年(742)改,为河西节度府的治所。此诗盖为高适到河西幕府后不久作。组诗有二,第一首写诗人对边塞征战不休的忧心忡忡;第二首为怀古之作,亦感怀战事。今选其一。"百尺烽",一作"百丈峰"。"青冥冥",一作"青冥间"。"塞下",一作"寒山"。"来",一作"飞"。

朝登百尺烽,遥望燕支道。
汉垒青冥冥,胡天白如扫。
忆昔霍将军,连年此征讨。
匈奴终不灭,塞下徒草草。
唯见鸿雁来,令人伤怀抱。

朝登百尺烽,遥望燕支道。汉垒青冥冥,胡天白如扫——百尺烽:百尺高的烽火台。燕支:见《送浑将军出塞》注。汉垒:汉朝防边遗留的军垒土堡。青冥冥:深远浑郁貌。白如扫:谓白净如扫荡一空。四句写早晨独登百尺烽台,遥望依稀天外的燕支山,苍蒙迷离,一条白净如练的小道寂寞地飘摇在荒原上。汉代土堡军垒尚遗一片青冥黯淡的残垣颓壁,沧桑满布地静卧于荒原上,风吹草低忽隐忽现。胡天纤尘未染,一碧如洗,天高地迥,天朗气清,登此高台,望山河万里,滚滚而来,其风烟净美、清明壮丽,直使人胆气冲荡,心旷神怡。

忆昔霍将军,连年此征讨。匈奴终不灭,塞下徒草草。唯见鸿雁来,令人伤怀抱——霍将军:霍去病,汉代名将,封为骠骑将军,曾于汉元狩二年(前121)西征陇西,转战六日,度燕支山千余里,后亦出战多次,见《史记·卫将军骠骑列传》。塞下:边塞。徒:空。草草:人心惶惶,骚动不安貌。六句追念汉朝大将霍去病曾数次出征匈奴,然而终未消灭匈奴,故而匈奴自汉代以来恃强逞凶,伺机挑衅,为患一方,使边境战乱仍连年不休。如今边塞一望无际,杳无人烟,惟有鸿雁不时飞过,令人忧从中来,怆然悲慨。

这是组诗第一首,作于诗人初至河西。诗人睹风物之苍凉萧瑟,怀望汉之霍去病,立功赫赫,而匈奴仍难扫尽,依然遗患一方,诗人忧济国事,感怀兴叹。此诗的主题思想,唐汝洵曾解云:"此叹哭战之无益也。言登高而望边境,见汉垒而想去病之北征,其时以为必灭匈奴而后已,然终果灭乎?狼居胥之封徒草草耳。既无足称,然睹鸿雁之飞而独伤怀抱者,窃有感于传书之事也。夫去病伪功而取封,子卿守节而薄赏,适盖有慨于当时矣。"(《唐诗解》卷九)可参考。诗人登高即赋,即景兴怀,深致感慨,其情也真实饱满,沉郁深厚,具有高适诗的一般性特色。

奉寄平原颜太守

此诗题下有序云:"初颜公任兰台郎,与余有周旋之分,而于词赋,特为深知。洎擢在宪司,而仆寓于梁宋。今南海太守张公之牧梁也,亦谬以仆为才,遂奏所制诗集于明主。而颜公又作四言诗数百字并序,序张公吹嘘之美,兼述小人狂简之盛,遍呈当代群英。况终不才,无以为用,龙钟蹭蹬,适负知己。夫意所感,乃形于言,凡廿韵。"按,序中"颜公",指颜真卿,唐代著名书法家。《颜鲁公行状》:"天宝十二载(753),(杨)国忠以前事衔之,谬称精择,乃出公为平原太守。"序中"南海太守张公",指张九皋,时任南海太守。此诗今本高适集失载,据《高适诗集》残卷补。此诗当作于天宝十三载(754)秋,高适时在哥舒翰幕府中。诗中"天厓"一作"天涯"。

皇皇平原守,驷马出关东。
银印垂腰下,天书在箧中。
自承到官后,高枕扬清风。
豪富已低首,逋逃还力农。
始余梁宋间,甘予麋鹿同。
散发对浮云,浩歌追钓翁。
如何顾疵贱,遂肯偕穷通。
耿介出宪司,慨然见群公。
赋诗感知己,独立争愚蒙。
金石谁不仰,波澜殊未穷。
微躯枉多价,朽木惭良工。
上将拓边西,薄才忝从戎。
岂论济代心,愿效匹夫雄。
骅骝满长皂,弱翮依雕笼。
行军动若飞,旋旆信严终。
屡陪投醪醉,窃贺铭山功。
虽无汗马劳,且喜沙塞空。
去去勿复道,所思积深衷。
一为天厓客,三见南飞鸿。
应念萧关外,飘摇随转蓬。

　　皇皇平原守,驷马出关东。银印垂腰下,天书在箧中——皇皇:盛美之貌。《诗经·小雅·皇皇者华》:"皇皇者华,于彼原隰。"《传》:"皇皇,犹煌煌也。"《文选》卷三张衡《东京赋》:"穆穆焉,皇皇焉,济济焉,将将焉,信天下之壮观也。"薛踪注："《礼记》曰：'天子穆穆，诸侯皇皇，大夫济济，士将将。'郑玄曰：'威仪容止之貌。'"关东：函谷关以东之地。银印：古代官员随身所佩以示官阶之物。汉百官表：凡吏人比二千石以上，银印青绶。《隋书·礼仪·印绶》："四品得印者，银印青绶。"天书：天子所下诏书。这四句赞美颜真卿威仪堂堂，乘驷马而出关东。佩银印于腰间，存天书于箧中。

自承到官后，高枕扬清风。豪富已低首，逋逃还力农——高枕：《战国策·齐策》："三窟已就，君姑高枕为乐矣。"清风：犹言仁风。《晋书·袁宏传》："宏自吏部郎出为东阳郡，乃祖道于冶亭。时贤皆集，安欲以卒迫试之。临别执其手，顾就左右，取一扇而授之，曰：'聊以赠行。'宏应声答曰：'辄当奉扬仁风，慰彼黎庶。'时人叹其率而能要焉。"豪富：《史记·秦始皇本纪》："徙天下豪富于咸阳。"逋逃：走窜逃亡之人。逋，亡。这四句也是赞扬颜真卿精于治道，甫一赴任，即仁风播扬。豪富者驯服低首，逋逃之人则归于垅亩。

始余梁宋间，甘予麋鹿同。散发对浮云，浩歌追钓翁——梁宋：汴州（大梁）及宋州，今河南郑州至商丘一带。予：通"与"。散发：不冠而发披乱也。张华诗："散发重阴下。"从这四句始，诗人回顾与颜真卿的交往，先自写，回忆早年在梁宋的隐逸生活，意思是当寓居梁宋时，抛却世事，而与麋鹿同群。无拘无束，散发任情，放歌长吟，心随钓翁。

如何顾疵贱，遂肯偕穷通。耿介出宪司，慨然见群公——疵贱：诗人自谦之词。疵，谓缺点、毛病。贱，谓卑微。穷通：犹言穷达。穷，高适自谓，通指颜真卿。耿介：正直，不同流俗。宪司：又称宪台，即御史台。颜真卿尝官御史大夫。群公：群官。这四句写自己虽然疵贱，而颜真卿不以为意，仍然雅与自己往还。任御史大夫后，颜真卿则为官谨肃，独立不惧。

赋诗感知己，独立争愚蒙。金石谁不仰，波澜殊未穷——争：怎。愚蒙：自谦之词。金石：金石之功。《吕氏春秋·求人》："故功绩铭乎金石。"注："金，钟鼎也；石，丰碑也。"波澜：谓内心感情激越，犹如波涛。这四句写诗人铭感于颜真卿对自己的推赏，表示自己虽有傲然独立、建金石之功的追求，怎奈生性愚钝，故而内心感激，如波澜起伏，难以平静。

微躯枉多价，朽木惭良工。上将拓边西，薄才忝从戎——微躯：诗人谦称自己微贱。多价：本指价格超越实际价值，这里指过赏。朽木：《论语·公冶长》："子曰：'朽木不可雕也。'"注："朽，腐也。"这里自谦无用。良工：能工巧匠。《孟子·滕文公》："天下之良工。"薄：寡、乏。忝：谦辞，辱。这四句的意思是，自己如"朽木之不可雕也"，不可造就，难称颜真卿的过誉推赏。闻说朝廷有意向西拓展边土，自己虽薄才寡德，也从军入伍。

岂论济代心，愿效匹夫雄。骐骥满长皂，弱翮依雕笼——济代：济世。骐骥：骏马，喻才士。长皂：《史记·邹阳列传》："使不羁之士，与牛骥同皂。"《集解》："駰按：《汉书音义》曰：'食牛马器，以木作如槽也。'"翮：鸟翼。祢衡《鹦鹉赋》："闭以雕笼，剪其翅羽。"即所谓弱翮也，高适自谦之词。这四句意思是，并非自己有济世之志，只是希望为国效匹夫之力命，而军幕内才士如长皂前的骐骥一般，能纵横千里，自己则如依靠雕笼的弱翮，不能展翅飞翔。

行军动若飞，旋旆信严终。屡陪投醪醉，窃贺铭山功——旋旆：凯旋。《文选》卷五十六潘岳《杨荆州诔》："亦既旋旆，为法受黜。"刘良注："旆，旗也，旋旗谓还国也。"严终：以严整终事。《春秋穀梁传·庄公八年》："治兵八而陈蔡不至矣，兵事以严终，故曰善陈者不战。"投醪：古代朝廷或将军为鼓舞士气在战前或打仗胜利后以酒犒赏士兵。《太平御览·兵部·抚士》："《史记》曰：'楚人有馈一箪醪者，楚庄王投之于河，令将士迎流而饮之，三军皆醉。'"铭山：古代战争胜利后，常勒石记功，称为铭山。张载《剑阁铭》："勒铭山阿。"这四句言军中行动迅速敏捷，自始至终皆军纪严明齐整。自己有幸多次陪同将军与战士同醉，以庆贺战场上取得的胜利。

虽无汗马劳，且喜沙塞空。去去勿复道，所思积深衷——汗马劳：战功。将士骑马征战，马累得大汗淋漓，故称汗马。《史记·晋世家》："矢石之难，汗马之劳，此复受次赏。"沙塞空：犹言边塞清平无事。去去：《文选·古诗》："参辰皆已没，去去从此辞。"深衷：犹言内心深处。这四句意思是说，自己投笔从戎，虽未立有战功，但也为边关清静无战而喜悦。前途茫茫，无以言说，思虑怀抱，只能中心隐之。

一为天厓客，三见南飞鸿。应念萧关外，飘摇随转蓬——厓：《说文》："厓，山边也。"朱骏声《说文通训定声》："崖与厓微别，厓之峻而高者崖也。"萧关：《汉书·武帝纪》："遂北出萧关。"注："萧关在安定朝那县也。"今宁夏固原东南。转蓬：蓬草逢秋而枯，随风翻转，故曰转蓬。《文选》卷二十九曹植《杂诗六首》之一："转蓬离本根，飘摇随长风。"李善注云："《说苑》曰：'鲁哀公曰：秋蓬恶其本根，美其枝叶，秋风一起，根本拔矣。'"这四句总收，总结自己边塞生活，意思是自己从戎边塞，至今已有三年。设想颜真卿会顾念自己在旷然大漠，如一介秋蓬，随风飘摇。

这是高适精心结撰的一首五言长诗。全诗在结构上共分三大部分，前十八句作为第一部分，称颂颜真卿出守平原之德政，并以叙与颜的交谊。中间十八句,写自己虽薄才寡德,也向往金石之功,故而从军边塞,并历叙边塞生活经历。结尾四句总结全诗,抒发由三年边塞生活引发的人生感受。我们说此诗为精心结撰之作,一方面因为此诗规模宏大,全诗以时间为线索组织内容,三个部分之间联系紧密,过渡与转换自然流畅。同时,就诗之抒情而言,诗人以作为长者的颜真卿为知己,向对方倾吐自己报国的怀抱,感情正大严肃而深沉有力,非如一般文士那样无病呻吟、放纵地表现人生失意之感,体现了诗人对人生严肃认真的思考与追求。

此外,就艺术表现而言,此诗融叙事、议论与抒情为一体,感情深沉郁勃而出语含蓄,近于汉魏诗歌高古浑厚之风,是体现高适诗歌审美理想较有代表性的一首诗。

塞下曲

【题解】

塞下曲:见《塞上》注。此诗写于高适于哥舒翰帐下做幕僚时。全诗描写了战阵的雄伟壮观,抒发了一种英雄豪情。"天子",一作"王子"。"悬",一作"丝",一作"勒"。

> 结束浮云骏,翩翩出从戎,
> 且凭天子怒,复倚将军雄。
> 万鼓雷殷地,千旗火生风。
> 日轮驻霜戈,月魄悬雕弓。
> 青海阵云匝,黑山兵气冲。
> 战酣太白高,战罢旄头空。
> 万里不惜死,一朝得成功。
> 画图麒麟阁,入朝明光宫。
> 大笑向文士,一经何足穷。
> 古人昧此道,往往成老翁。

结束浮云骏,翩翩出从戎,且凭天子怒,复倚将军雄——结束:整鞍束装。浮云:马名。骏:骏马。翩翩:轻举貌。凭:依仗。天子怒:指王者欲兴兵动武的怒威。《孟子·梁惠王下》："文王一怒而安天下之民。"《诗经·大雅·常武》："王奋厥威，如震如怒。"将军：指哥舒翰。雄：雄威。四句写诗人随行从军，整装秣马，擐甲扬锋，雄姿英发。野蛮胡族但觊觎我物华天宝、文明昌盛，时时侵扰犯边。天子龙颜震怒，纠以雄师，镇守边关，哥将军身肩重任，独当一面，神武赫然，威震西域。

万鼓雷殷地，千旗火生风。日轮驻霜戈，月魄丝雕弓——万鼓：战鼓齐发。殷：雷声。《诗经·召南·殷其雷》："殷其雷，在南山之阳。"火生风：指战旗鲜红似火，风吹猎猎。日轮句：用鲁阳挥戈驻景典。《淮南子·览冥训》："鲁阳公与韩构难，战酣，日暮，援戈而抚（挥）之，日为之返三舍。"日轮：太阳。霜戈：白色的长戈。驻：停驻。此句意为太阳因了战场的杀气雄威而畏怯不敢下。月魄：月之光华。此处指月亮。雕弓：雕有花纹的弓。此处指残月。四句写出兵步武，杀气雄边。助威的战鼓如雷声殷殷，震动天地。战旗云蛇风行之状，如俨骖从驾，神龙排空，如烈火赫日。战阵雄威震天，气壮山河，战士手持戈戟，神威赫赫，刀光剑影，寒气森森，太阳亦为之驻景徘徊。战士雕弓如悬月，强弓劲弩，藏诸匣中，亦铮铮有声，似时时欲奋羽振翅，射向西北天狼。

青海阵云匝，黑山兵气冲。战酣太白高，战罢旄头空——青海：即今青海东部的青海湖。阵云：战场烟尘，腾霄而上，势通云层，故称。匝：周，环绕。黑山：即杀虎山，在今内蒙古呼和浩特市东南。此两地相隔甚远，皆为唐朝边塞。诗人拈之以对举，当为虚指。战酣：战斗打得非常激烈。太白：星名。司西方，主杀伐。《史记·天官书》："（太白星）出高，用兵深，吉；浅，凶。"此处指唐军有吉星高照，胜券在握。旄头：星名，又作髦头。《史记·天官书》："昴曰髦头，胡星也。"旄头空，胡星坠，暗指敌人失败。四句写青海湖上战尘喧腾，乌云密布，黑山上战鼓金戈之声，杀气凌霄。战斗打得激烈，战士英勇顽强，突刃触锋，视死如归，太白金星高照，预示着唐军大战告捷，旄头星落，胡寇已作败北之势。

万里不惜死，一朝得成功。画图麒麟阁，入朝明光宫——万里：指在西域边庭。麒麟阁：汉阁名，汉宣帝为表功臣业绩，光耀后世，曾将霍光、苏武等人图像画于阁上。明光宫：汉宫名。此代指唐皇宫。四句写战士为保家卫国，甘愿赴汤蹈火、出生入死，远赴西极，靖我边尘。一旦虏灭，凯旋班师，则可论功庆赏，名勒金石，天子赐宴，画图朝阁。

大笑向文士，一经何足穷。古人昧此道，往往成老翁——文士：儒生、文官。经：经指儒家经书典籍。汉代儒生可以一经取士。何足穷：不值得研讨、穷尽其理。昧：愚蒙。成老翁：谓皓首穷经，而终无一用。四句写仰天大笑文弱书生，只知皓首穷经，寻章摘句，笔砚书斋，碌碌一生，不如投笔从戎，振辔沙场，挥剑杀敌,建不朽之事功,除患兴利,济在当时。古人昧于此说,而老于经书,实在可笑。

此诗写得意气纵横,豪气冲天,无一毫纤弱委靡之色。诗人于哥舒翰幕僚任上,颇见得洋洋得意,有恩遇优渥之宠。诗前段写出阵行武之场面,前句即有声势高举,力能扛鼎之势,高适诗亦有善"工于发端"者,可证也。中间军队排阵及战斗场面,更写得悲壮浑雄,气吞山河,鼓声拟以雷鸣,云旗象以奔腾火焰,剑戈如霜可驻日影,雕弓张满如团圞星月,诗人极尽其笔墨的声势、韵律,艺术手法调动自如,夸张、比喻、拟声、拟形、色彩、典故,于四句之中驱遣挥洒,开合张弛,将战阵的浩大场面写得生动逼真,如临其境。诗人注重渲染气氛,制造声势,先声夺人,战争场面亦不直写刀光剑影、突刃触锋之景,而从弥漫狂荡的烟尘、雄压天宇的兵气来表现战争的严酷激烈,让读者自己去心领神会之,拓展了想象空间。后面写大战告捷,班师回朝,邀功取爵,图画龙阁,诗人并豪气纵横地大笑穷儒,亦是诗人真实的内心向往。

入昌松东界山行

昌松,《旧唐书·地理志》:"凉州武威郡有昌松县,汉苍松县。"故址在今甘肃省古浪县西。此诗或当是诗人天宝十三载(754)在河西哥舒翰幕府时所作。

　　鸟道几登顿,马蹄无暂闲。
　　崎岖出长坂,合沓犹前山。
　　石激水流处,天寒松色间。
　　王程未应尽,且莫顾刀环。

鸟道几登顿,马蹄无暂闲——鸟道:李白《蜀道难》:"西当太白有鸟道,可以横绝峨眉巅。"王琦注云:"谓连山高峻,其少低缺处,惟飞鸟过此可以为径路,总见人迹所不能至也。"登顿:山行艰难,忽上忽下。见前《使青夷军入居庸三首》其三注。这两句写山路高耸,高低起伏,乘马而行,一路劳顿,颇为艰难。

崎岖出长坂,合沓犹山前——坂:山坡。合沓:重复聚合。《文选》卷二十七谢朓《敬亭山》:"兹山亘百里,合沓与云齐。"李善注曰:"贾谊《旱云赋》曰:'遂积聚而合沓,相纷薄而慷慨。'应劭《汉书注》曰:'沓,合也。'"这两句写山行之状,意思是刚出崎岖不平的山坡,前面又山势环绕,横亘于眼前。

石激水流处,天寒松色间——这两句写山行途中景色,意思是山谷水石相激,潺潺而下,山间松林茂密幽深,显示天气已渐寒。

王程未应尽,且莫顾刀环——王程:谓为王事而奔走。梁刘潜《北使还与永丰侯书》:"王程有限,时及玉关。"刀环:《汉书·李陵传》:"单于置酒,赐汉使者,李陵、卫律皆侍坐,立政等见陵未得私语,即目视陵而数数自循其刀环,握其足,阴谕之,言可还归汉也。"这两句意思是,王事尚未尽,还应戮力为之,不作还乡之想。

新评

这首诗看似平易,既没有强烈的报国热忱的抒发,也没有刻意表现边塞不平凡的生活,诗描写的只是诗人寻常途中的见闻及感受;但唯其如此,才更能见出诗人边塞生活的原貌,具有寻常而真实的意义。诗中着力描写山行之况,既有再现边塞生活艰辛的意味,也有另一种作为山行所见的写景的意义,特别是"石激水流处,天寒松色间"两句,写景而动静结合,深得山中景物之趣。结尾两句,将戮力王事与思乡怀归并置,也见出感情的复杂,可谓深厚而真实。

陪窦侍御灵云南亭宴诗并序

题解

窦侍御:不详。侍御,职官名。见前《送李侍御赴安西》注。灵云:《清一统志》卷二〇六:"灵泉池,在武威县南。"灵云,盖即灵泉池。从诗的内容看,当写于高适任职哥舒翰幕府期间。诗写泛游灵云池所见风光美景,也抒发了一抹淡淡的怀乡之愁。

凉州近胡,高下其池亭,改以耀蕃落也。幕府董帅雄勇,径践戎庭,自阳关而西,犹枕席矣。军中无事,君子饮食宴乐,宜哉。白简在边,清秋多兴,况水具舟楫,山兼亭台,始临泛而写烦,俄登陟以寄傲,丝桐徐奏,林木更爽,觞蒲萄以递欢,指兰芷而可掇。胡天一望,云物苍然,雨萧萧而牧马声断,风嫋嫋而边歌几处,又足悲矣。员外李公曰:七日者何?牛女之夕也。夫贤者何得谨其时?请赋南亭诗,列之于后。

  人幽宜眺听,目极喜亭台,
  风景知愁在,关山忆梦回。
  祇言殊语默,何意忝游陪。
  连唱波澜动,冥搜物象开。
  新秋归远树,残雨拥轻雷。
  檐外长天尽,尊前独鸟来。
  常吟塞下曲,多谢幕中才。
  河汉徒相望,嘉期安在哉?

  凉州:天宝元年(742)改名为武威,高适此处仍沿袭旧名。高下:高低错落。耀:炫耀。蕃落:蕃族部落,即西域少数民族部落。董帅:不详。径:径直。践:践踏,此处指征战。戎庭:胡兵军帐。阳关:汉置关名。在今甘肃省敦煌县西南,自古与玉门关同为出塞必经之地,因在玉门关南,故称阳关。犹枕席:指视闯胡人霸守地域如走平敞的席子,此处指董帅的雄勇。白简:古代御史弹劾的章奏。此处指窦侍御。兴:兴致、高兴。写烦:舒泻忧烦。俄:时而。陟:登高。丝桐:指琴。古多用桐木制琴,练丝为弦,故称。觞:进酒。递:更迭。兰芷(zhǐ):兰,为兰草,芷,为白芷,皆为香草。掇:摘取。苍然:苍茫貌。风嫋嫋:轻风吹荡的样子。员外李公:即李员外,其人不详。员外,职官名,员外郎的省称。唐代尚书省左右丞、六曹及曹下各司皆设有员外郎。从六品上,掌管有关的登记簿籍。牛女之夕:指七月七日牛郎织女鹊桥相会。

  人幽宜眺听,目极喜亭台,风景知愁在,关山忆梦回——眺听:眺望观听。目极:极目远视。风景:风物景致。四句写当其闲暇,兴之所至,凭栏远望,登高游目,放怀泻意,把酒临风,其喜洋洋也。边域风烟殊景不同于内地的明秀旖旎,粗犷的线条,萧瑟的色泽,苍茫迷离的远山荒野,开阔浩渺的高天厚土,但让人兴尽悲来,觉宇宙无穷,人生短暂。关山难越,乡关何处,唯梦里萦回环绕,识乡音款款。

  祇言殊语默,何意忝游陪。连唱波澜动,冥搜物象开——祇:同"只"。殊:

不同。语默：出言、沉默。陶潜《与殷晋安别》："语默自殊势。"《易·系辞》："君子之道，或出或处，或语或默。"此处偏重在默，谓当沉默寡言。何意：怎想到。忝：谦词。连唱：接连高唱。冥搜：此处指赋诗。物象：风物景象。四句写自己才居下流，位不光显，今忝居贤才间，叨陪游泛，本应讷口少言，逊而后之。众公风流儒雅，气质高华，睹此良辰美景，或宴或游，或啸傲或弄泉，吟诗作赋，丝竹清发，欢歌笑语，使清池清波微泛，文章墨宝，山川锦绣争相献媚。

新秋归远树，残雨拥轻雷。檐外长天尽，尊前独鸟来——新秋：初秋。归远树：指秋气清爽使远处迷蒙的树木也变得清晰。长天尽：高远的秋天无穷无尽。尊：同樽，酒器。四句写雨后天霁，秋高气爽，天宇澄澈空明，气虚涵清，使人心旷神怡，豁然在目，远处树木苍翠体现出秋意，轻雷阵阵，伴着丝丝残雨。南亭翼然池边，檐外长空万里，川原极其盈视，孤鸟回旋空中，翩跹上下，来与人亲。

常吟塞下曲，多谢幕中才。河汉徒相望，嘉期安在哉——塞下曲：乐府诗题，见《塞上》题解。谢：犹惭。河汉：银河，天河。嘉期：佳期，指牛郎、织女渡天河七夕相会。此处亦有诗人抒发君臣遇合的感慨。四句写哥舒翰将军幕府中人才济济，星云雾列，自己忝居其中，自觉才薄识短，有惭诸贤。常口吟《塞下曲》，感自古英雄豪侠仗剑出关，负戈外戍，保家卫国，不顾其身，自己也心怀激荡，悲歌慷慨。七夕之夜，皎皎河汉，当是牛郎织女鹊桥欲渡、金风玉露时。徒然相望，银汉迢迢，佳期何在？

【新评】

此诗为游宴灵云池的唱酬之作。山水佳景，良辰闲暇，济济高朋，雅望贤主，实在是四美（良辰、美景、赏心、乐事）并。诗人亦兴高采烈，吟诗作赋，留恋光景，抒情写意。全诗写游赏之乐，描写雨后初霁、风烟俱净的山川秀美，间有抒发乡关之思及诚惶诚恐忝陪侍宴的感慨。"新秋"二句中"归"字、"拥"字用得绝妙，形象生动，前者将秋开天远，零雨清尘，使远树亦清晰乍现之情景玲珑神会地描写出。后者亦可将残雷剩雨虚张声势，雨借雷势，雷乘雨兴，相互鼓荡，兴云作雨之状形神妙俏出。高适诗不重炼句炼字，而以浑茫高古、风骨遒劲取胜，此二字却用笔锻炼，而无凿痕，当得起高适诗摩景以风神的佳处。

见薛大臂鹰作

薛大：不详。臂鹰：鹰立于臂上，是古代杂耍的一种游戏。诗以苍鹰寄诗人鸿鹄之志。此诗或谓为李白作（见王琦注《李太白全集》卷二十四《观放白鹰二首》之二），乃误。"啅"，一作"忌"。"寒楚"，一作"寒冬"。

寒楚十二月，苍鹰八九毛。
寄言燕雀莫相啅，自有云霄万里高。

寒楚十二月，苍鹰八九毛——寒楚：大寒。楚：犹盛。苍鹰：苍黑色的鹰。王琦注曰："鹰一岁色黄，二岁色变次赤，三岁而色始苍矣，故谓之苍鹰。"八九毛：谓毛之残缺不齐。王琦注曰："八九毛者，是始获之鹰，剪其劲翮，令不能远举飏去。"二句写寒冬腊月，地冻天寒，苍鹰虽劲翮残缺，翎羽参差，犹精目灼灼，雄视天下。

寄言燕雀莫相啅，自有云霄万里高——燕雀：此处喻指胸无大志、庸庸碌碌的俗人。《史记·陈涉世家》："燕雀安知鸿鹄之志哉？"啅（zhuó）：同啄。相啄：喻比闲言碎语。一说此处以燕雀相啄拟比李辅国好谗言。《旧唐书·高适传》："李辅国恶适敢言，短于上前，乃左授太子少詹事。"云霄：谓高远之志。二句写但说给胸无大志、平庸凡俗，只会啾咋嘤嗡的燕雀辈，莫要谗言嫉妒，造谣生事，雄鹰自是搏击长空，一冲霄汉，傲视风云。

此诗为短章古诗。句式也参差不齐，用笔非常灵活随意。前二句用托物言志的手法，写苍鹰临寒不惧，身残志雄，高视风云，英姿劲发的形象。后二句以燕雀之嘤嘤相啄，喻指庸碌小人的谗言碎语，并以苍鹰高视天下、腾霄万里喻指刚毅木讷，而心存高远的君子。全用写物，而寄意含蓄深远，语言亦很自然古朴，苍劲有力。

同鲜于洛阳于毕员外宅观画马歌

题解

鲜于洛阳：鲜于叔明，因时任职于洛阳，故称。《新唐书·李叔明传》："本鲜于氏，世为右族，兄仲通。……乾元中，除司勋员外郎，迁司门郎中。东都平，拜洛阳令，招徕遗民，号能吏。"毕员外：不详。歌：歌行体。诗描绘了画马的形神妙肖，并对鲜于氏治官勤谨有所赞美。

　　知君爱鸣琴，仍好千里马。
　　永日恒思单父中，有时心到宛城下。
　　遇客丹青天下才，白生胡雏控龙媒。
　　主人娱宾画幛开，只言骐骥西极来。
　　半壁趍趍势不住，满堂风飘飒然度。
　　家僮愕视欲先鞭，枥马惊嘶还屡顾。
　　始知物妙皆可怜，燕昭市骏岂徒然。
　　纵令剪拂无所用，犹胜驽骀在眼前。

新解

　　知君爱鸣琴，仍好千里马。永日恒思单父中，有时心到宛城下——君：指鲜于叔明。鸣琴：用宓子贱鸣琴而治单父典，此处借指鲜于氏治洛阳为政宽仁。仍：再，又。永：长。单父：今山东单县，借宓子贱治单父指鲜于氏治洛阳。宛城：大宛国，汉代西域诸国之一，盛产汗血宝马。四句写鲜于君为政洛阳宽缓待民，轻徭薄赋，廉正清明，治下民风淳朴，官无杂事，君吏恪勤恪谨，又独嗜千里马，好其神骏雄武，常于治政闲暇外，心慕神仰，欲一睹其风神朗态。

　　遇客丹青天下才，白生胡雏控龙媒。主人娱宾画障开，只言骐骥西极来——客：指画马者。丹青：作画的颜料，后借指绘画。天下才：指其绘画才艺冠绝当时。白生：少年。胡雏：少数民族少年。控：驾驭。龙媒：指骏马。《汉书·礼乐志》："天马来，龙之媒。"颜注引应劭曰："言天马者，乃神龙之类，今天马已来，此龙必至之效也。"故骏马又有龙媒之称。主人：谓毕员外。宾：指鲜于洛阳和诗人。画幛：作画的幕幛。骐骥：千里马。西极：西方极远之地。西域牧草丰盛，多产宝马良驹，故言。四句写毕员外府中有丹青妙手，擅画千里神驹，天下独步,画中亦有胡族豪侠儿,雄姿英发,威风凛凛,驰骋驾驭,似若无物。毕员外盛情招待鲜于氏及诗人,示丹青以娱宾,画中骐骥翩翩有飞来之势,四蹄腾霄,若麒麟驾长风,似游龙驭紫电。

半壁趁趱势不住,满堂风飘飒然度。家僮愕视欲先鞭,枥马惊嘶还屡顾——半壁:半墙,盖画布置于墙上以益观赏。趁趱(cān tán):奔驰。势不住:谓其奔腾驱驰之势难以停住。飒然:风声,谓画马之栩栩如生若满堂生风。度:同渡,风飘过。愕视:惊诧地呆望。枥马:马厩中的真马。顾:回视。四句写画幅张悬于壁上,千里驹神态萧朗,气定神闲,腾蹄驱风,振鬣驰骋,直欲踏壁破墙,凌空而降,其翩若飞鸿,其蛟若游龙,夹风带霜,紫电青光,使满堂飒飒风起,寒气凛冽,家僮愕然直视,疑似千里真驹旋风而来,慌慌欲着鞭驱策。厩中的凡马亦哜哜长鸣,环顾左右。

始知物妙皆可怜,燕昭市骏岂徒然。纵令剪拂无所用,犹胜驽骀在眼前——物妙:造物之神奇。可怜:可爱。燕昭市骏:《战国策·燕策一》载:郭隗先生曰:"古之人君,有以千金求千里马者,三年不能得,涓人言于君曰:'请求之。'遣之,三月,得千里马,马已死,买其骨五百金,反以报君。君大怒曰:'所求者生马,安得死马而捐五百金?'涓人对曰:'死马且买之五百金,况生马乎?天下必以王为能市马,马今至矣。'于是不能期年千里之马至者三。今王诚欲致士,先从隗始。隗且见事,况贤于隗者乎,岂远千里哉?"于是昭王为隗筑宫而师之。市:买。岂徒然:不会白费功夫。剪拂:剪去杂毛,扫拂尘垢。驽骀:劣马。四句写千里神驹萃造化之妙,山川之精,雄武神威,气宇不凡,令人叹绝,古代君子不惜重金市其已寒尸骨,其价之重岂是管窥蠡测者所知?纵使为其剪拂扫垢,置于华堂,饰以金鞍玉络而不能奋鬣长驱,走风带电,犹比驽马劣骀云集于前,让人爽目清神,鼓人志气。

全诗前四句写鲜于君的治政清明和慕骐骥雄武神威之志趣。中间大段写做客毕员外家,观丹青妙手的超绝画工,半壁四句极夸张之能事,写马于画中,振鬣驰飞,若腾云驾雾,踏壁劈空而来,满堂似乎飒飒有风,并以家僮误假为真、捉鞭慌张,枥马惊嘶的侧面描写,衬托画之栩栩如生、逼真神肖。后四句议论致慨,表达对千里马绝尘神姿之赞叹。全诗笔法跌宕豪纵,尤其是观画马一节,如笔下生风,意气全出,令人方寸超然。高适另有《画马篇》,可参看。

塞上听吹笛

题解

一本题作"塞上闻笛",诗作"胡人羌笛戍楼间,楼上萧条明月闲。借问梅花几处落,风吹一夜满关山"。一本题作"和王七度玉门关上吹笛",诗作为"胡人吹笛戍楼间,楼上萧条海月间。借问落梅几处曲,从风一夜满关山"。王七即王之涣(见《唐人行第录》),王之涣有《凉州词》:"黄沙直上白云间,一片孤城万仞山,羌笛何须怨杨柳,春风不度玉门关。"与此诗韵脚相同,当系高适和诗。诗写塞上笛声之悠扬,写出了边塞之夜,月白风清的宁静之美,颇有情致。

　　雪净胡天牧马还,月明羌笛戍楼间。
　　借问梅花何处落?风吹一夜满关山。

　　雪净胡天牧马还,月明羌笛戍楼间——雪净胡天:谓雪后天宇澄净空明。牧马还:指打退胡寇侵扰,驱马回归。羌笛:西域乐器,有三、四、五孔之别,汉代传入。二句写塞上荒原冰封雪厚,银装素裹,苍茫天涯的白色辉映着纤尘无染的胡天,一片空明澄净。皎皎孤月,幽静似水,银辉流泻,在戍楼间徘徊沉思。清越幽咽的羌笛声柔波般在浩淼天宇中回旋缭绕,低诉着一个征人孀妇缠绵悱恻的优美传说。此情此景,一切都如遍披在一个光洁又朦胧的梦幻中,笛声、月华、清风、白雪、银汉迢迢,组成一个旷远复绝又幽静清美的空间。无限清景,让人悠然有出尘之想。一队凯旋而归的戍卒战士驱马得得,踏破了夜的沉寂,月华勾勒着他们健美雄壮的体魄,铠甲的鲜明和刀剑戈戟的寒光凛凛,使皑皑白雪也黯然失色。

　　借问梅花何处落?风吹一夜满关山——梅花落:乐府曲牌名,属《乐府诗集》卷二十四《横吹曲》类,为笛中曲。此处以《梅花落》之曲牌名代指笛声。二句写笛声似穿越了时空,悠扬清越地回荡在天宇间,梅花曲中落梅可曾开遍了边塞荒山野岭,开出将来的明媚春光和缤纷色彩?

　　全诗描写边塞雪后月明之景,非常优美。将士凯旋班师踏月而归,雪净月明,天澄气清,羌笛幽咽缭绕,梅花落曲一唱三叹,仿佛落梅有声,曲能通神,一夜遍开关山。诗的妙处在于作者不是笨拙地摹声,亦步亦趋,而是将听觉效果转化成鲜明的视觉形象,从而创造了一个宁静夐绝、深远清旷的意境世界,亦见出诗人对边塞山川壮丽的由衷热爱。风格清新明快,细致淡雅,与王之涣《凉州词》悲凉浑郁有明显的不同。或谓高适长于直抒胸臆,却拙于以景传情,可是从这首诗里看到的高适,原是有着怎样旖旎的情怀啊!

送 别

此诗写送别。写作时间、地点不详,姑系于此。诗写凌晨送别。诗写得情谊深厚,颇为感人。

昨夜离心正郁陶,三更白露西风高。
萤飞木落何浙沥,此时梦见西归客。
曙钟寥亮三四声,东邻嘶马使人惊。
揽衣出户一相送,唯见归云纵复横。

昨夜离心正郁陶,三更白露西风高。萤飞木落何浙沥,此时梦见西归客——离心:离别忧愁。郁陶(táo):郁结不解。三更:更,为古时夜间计时单位,一夜分为五更,每更约为现在的2小时。三更为夜间23点至次日1点。白露:节气名。在阳历每年9月7日前后。西风:秋风。秋于五行属金,方位属西,故称。高:指风大。萤:萤火虫。木:叶。浙沥:叶子下落时窸窣的声音。西归客:指将西行的友人。四句写友人将远行,离别惆怅,郁结难解,夜已三更,诗人尤辗转反侧,难以入眠。秋夜清凉如水,玉露凋伤,秋风肃杀,亦催人愁肠,外面萤虫飞舞唏咐有声,秋叶飒飒飞下如浙沥小雨,恍惚中友人已俨装整鞍,驱马前行。

曙钟寥亮三四声,东邻嘶马使人惊。揽衣出户一相送,唯见归云纵复横——曙钟:报晓的钟声。寥亮:清越激昂。纵复横:形容白云纵横交错之状。四句写当报晓的钟声清越寥亮地从远处传来,东邻厩马声声嘶鸣,划破了夜的沉静,惊乱诗人的一帘幽梦。诗人恍然爬起,颠倒衣裳,仓促捉鞋,出门送客。苍茫天宇间,只有几条纵横交错的白云飘浮于低空。

全诗首段写送行前的离别愁绪。以景寄情,写白露秋风、木叶萧萧,与心之郁忧相互鼓荡渲染。魂牵梦绕,依稀恍惚之状亦映带出诗人惜别依依的无限情意。后四句以一连串的动作写诗人被钟声嘶马惊觉,颠倒衣裳、匆忙赶去送行之画面,生动幽默,颇具戏剧效果。末句以人去路空,白云杂沓而兀自卷舒,写出诗人的失望惆怅,驻足瞻望不及,魂逐友人而去的动人情景,言近意远,有"篇终结浑茫"之效。诗如一篇短篇叙事小品,有时间、地点、环境、人物、情节,手法新颖独特。

酬河南节度使贺兰大夫见赠之作

贺兰大夫:即贺兰进明。开元十六年(728)进士及第后授御史大夫职。至德元年(756)冬,为河南(治所临淮,今江苏盱眙)节度使兼御史大夫。当时为平战乱,肃宗于内地置节度使,贺兰进明、高适分授其职。此诗即写诗人鼓励贺兰大夫早平战患,英勇杀敌,同时也表达了诗人欲求参战的强烈意识和忧国忧民的爱国情感。此诗为高适和贺兰进明答赠之作。《全唐书》存贺兰诗七首,而赠高适之作已佚。

　　　　高阁凭栏槛,中军倚旆旌。
　　　　感时常激切,于己即忘情。
　　　　河华屯妖气,伊瀍有战声。
　　　　愧无戡难策,多谢出师名。
　　　　秉钺知恩重,临戎觉命轻。
　　　　股肱瞻列岳,唇齿赖长城。
　　　　隐隐摧锋势,光光弄印荣。
　　　　鲁连真义士,陆逊岂书生。
　　　　直道宁殊智,先鞭忽抗行。
　　　　楚云随去马,淮月尚连营。
　　　　抚剑堪投分,悲歌益不平。
　　　　从来重然诺,况值欲横行。

新解

高阁凭栏槛,中军倚旆旌。感时常激切,于己即忘情——凭:依。槛:栏杆。中军:古代行军作战分左、中、右三军,由主帅所驻的中军发号施令。旆旌:见《燕歌行》注。感时:感怀时事。激切:激昂慷慨。忘情:忘却一己之私情。四句写贺兰进明受命于国家危难之际,统率三军,独当一方。登阁凭栏,倚剑驻旌,望山河萧条,战火纷纭,中原板荡,人民流离失所,常感激涕零,痛心疾首,直欲捐躯济难,奋不顾身,以靖国家战患。

河华屯妖气,伊瀍有战声。愧无戡难策,多谢出师名——河华:指黄河、华山等关中地区。屯:驻,凝结。妖气:喻指安史叛军。伊瀍(chán):指伊水、瀍水,皆在东京洛阳一带。时河南一带多为叛军占领。戡(kān):平定,攻克。谢:犹惭。出师名:指兴师动兵的正义讨伐之名。四句写中原板荡,妖氛浸淫,烧杀抢掠,禽兽其行,伊瀍战火冲天,烟尘弥漫,山光无色,江河悲咽。但愧自己胸无良策,不能力挽狂澜,早靖战尘,幸有正义的兴师动武之名,独当方面之任。当奋勇杀敌,以济国难。

秉钺知恩重,临戎觉命轻。股肱瞻列岳,唇齿赖长城——秉钺:执斧。钺(yuè):大斧。此处指执掌兵权。《诗经·商颂·长发》:"武王载旆,有虔秉钺。"临戎:身临战场。觉命轻:谓杀敌奋不顾身。股肱:大腿和上臂,代指辅佐君主的贤卿能臣。《尚书·益稷》:"元首明哉,股肱良哉。"瞻:仰望。列岳:众岳。此处借指国家济难靖患的大臣。唇齿:《左传·僖公五年》:"谚所谓:'辅车相依,唇亡齿寒。'"以谓唇齿相依,利害相关。贺兰大夫驻节的河南节度治所与高适驻守的淮南节度治所紧邻而形成唇齿相依之势,此处故有此说。长城:谓御敌安邦之大臣。南朝刘宋将领檀道济战功赫赫,威重天下,朝廷恐其不可复制,收捕之,道济脱帻(zé,头巾)投地曰:"乃复坏汝万里之长城。"(《宋书·檀道济传》)此处"长城"喻指贺兰大夫。四句写执节秉钺,临危受命,贺兰进明深知责任重大,恩遇过隆。总戎上阵,号令三军,突刃触锋,乘危蹈险时,更是奋不顾身。

隐隐摧锋势,光光弄印荣。鲁连真义士,陆逊岂书生。直道宁殊智,先鞭忽抗行——隐隐:盛貌。摧锋势:摧折敌军之势。锋:锋刃。光光:光明貌。弄印:《史记·张丞相列传》:"高祖持御史大夫印,弄之曰:'谁可以为御史大夫者?'熟视赵尧曰:'无以易尧。'"遂拜赵尧为御史大夫。后世常称御史大夫为弄印。鲁连:鲁仲连,战国齐人,有奇伟之划,好排难解纷,重义轻利。尝游赵国,以辩词说赵相平原君抗秦,终得解赵国危难,后亦不受爵金,终生不见平原君。事见《史记·鲁仲连列传》,此处借指贺兰进明。陆逊:三国吴郡吴县(今江苏苏州)人,有谋略,事孙权为都督,曾定计占荆州,败刘备,后为丞相。《三国志·吴书·陆逊传》:"当御备时,诸将军或是孙策时旧将,或公室贵戚,各自矜恃,不相听从,逊按剑曰:'……仆虽书生,受命主上,国家所以屈诸君使相承望者,以仆有尺寸可称,能忍辱负重故也。各任其事,岂复得辞!军令有常,不可犯矣。'及至破备,计多出逊,诸将乃服。"按:贺兰进明有文才,"好古博雅,经籍满腹"(见《唐才子传》),故高适比之以陆逊。直道:政治之道。《论语·卫灵公》:"斯居也,三代之所以直道而行也。"宁:岂。殊智:指智谋卓异超伦。先鞭:抢先之意。《晋书·刘琨传》:"琨少负志气,有纵横才,与祖逖为友,及逖被用,与亲故书曰:'吾枕戈待旦。常恐祖生先吾著鞭。'其意气相期如此。"抗行:抗直而行,无多瞻顾。按:高适对贺兰进明期许过高,后贺兰氏在睢阳(今河南商丘)被围后,坐守方镇不与援手,终使睢阳失陷,忠臣被害。(事见韩愈《张中丞传后叙》)高适于乾元元年(758)罢职后路过睢阳,在致祭张巡、许远二忠烈之士的文中有"十城相望,百里不救"即指此事。四句写贺兰进明披甲振辔,领兵上阵,摧锋折刃,杀敌除患,使敌寇闻之丧胆。其赫赫声名足配御史之职。贺兰氏有鲁仲连之高义,有陆逊之智谋,文事武略,真堪国家栋梁之才。其有卓异超伦的才能,亦正道直行,从不苟且,行军作战总是身先士卒,奋不顾身。

楚云随去马,淮月尚连营。抚剑堪投分,悲歌益不平。从来重然诺,况值欲横行——楚云:河南节度驻地临淮,古属楚地,故云。去马:指贺兰氏将去驻节临淮赴任。营:军队营地。投分:志向相投。不平:谓心中激荡不平。重然诺:守信用,有诺必诚。值:正当。横行:横行天下,驰骋沙场。六句写贺兰将军将去节度治所赴任,军营连翩千里,云旗飘扬,声势赫赫。诗人抚剑悲歌,振辔慷慨,正值国家多事之秋,妖魅横行,战尘弥漫,感古代游侠重然诺,除患济难,不爱其躯之义举,自己当与贺兰氏同仇敌忾,并肩杀敌,早日扫除妖氛,安民报君。

新评

诗为唱和之作。抒写贺兰大夫受命危难,感时而起,慷慨赴任的义举,赞颂其济难除患,力挽狂澜,独当一面的英勇豪气,也抒发了诗人忧国忧民,跃跃欲试,挥剑杀敌的爱国情感。全诗笔致跌宕起伏,情郁于中,风格沉雄悲壮,慷慨悲凉。排律之体,一韵连成,开合挥洒,音韵顿挫,有一气贯注之势。诗并未受制于律诗的束缚,整饬中见出奔放跌宕之致。

赴彭州山行之作

彭州：唐州名。治所在今四川彭县。高适于肃宗乾元二年（759）受彭州刺史职。此时即作于赴任途中。诗写山行所见蜀地风光美景，流露出一抹孤寂愁绪。

　　　　峭壁连崆峒，攒峰叠翠微。
　　　　鸟声堪驻马，林色可忘机。
　　　　怪石时侵径，轻萝乍拂衣。
　　　　路长愁作客，年老更思归。
　　　　且悦岩峦胜，宁嗟意绪违。
　　　　山行应未尽，谁与玩芳菲？

　　峭壁连崆峒，攒峰叠翠微。鸟声堪驻马，林色可忘机——崆峒（kōngtóng）：山名，在今四川平武县西。攒：丛聚。翠微：山岚青缥苍郁之色。忘机：忘掉世俗功利追求。机：动于巧利，而失之淳朴本性的聪明。四句写彭州界，山脉连亘起伏，绵延千里，诗人茕茕独行，一路山川美景美不胜收，驰荡着诗人的心魄。峭壁巉岩，峥嵘森布，其上苍松翠柏，盘根错节，如山鬼魑魅，张牙舞爪；千峰攒聚，万壑深幽，山岚轻袅，风烟恬淡。天空中飞鸟百啭千回放着歌喉，其声若仙乐，嘹亮清越，响遏行云，唱破了山林的幽寂，也唱醉了诗人。原始物态的狰狞粗朴、幽森浑莽，又和谐浑圆、劲美清丽的绝胜风光，直使人心旷神怡，宠辱皆忘，诗人不禁驻足停马，留连赏玩，赞叹不绝。

　　怪石时侵径，轻萝乍拂衣。路长愁作客，年老更思归——侵径：窜入道路。萝：植物名，一种柔弱而蔓生的草。乍：偶尔。作客：指他乡任官。四句写怪石嶙峋，壁立于旁，偶有突兀之角伸出路旁。轻萝蔓生，缠绕于山岩峭壁间，还时不时撩人衣裳。诗人山行水绕，披荆斩棘，赶赴彭州，栖遑独行，不禁暗生惆怅。头已二毛，暮齿苍颜，尚奔波旅途，行如飞蓬，思乡情愁也难以遏止。

　　且悦岩峦胜，宁嗟意绪违。山行应未尽，谁与玩芳菲——胜：胜景。宁：岂。嗟：叹息。意绪违：指赴任彭州情不由衷。玩：赏玩。芳菲：花草的芳香，代指自然美景。四句写忧事萦怀，心绪怏怏，但置于一边，且去饱览山川锦绣，绝胜烟景,何必郁郁寡欢,使山川之玲珑秀色无人赏玩呢?山行逶迤,长路漫漫,无限芳菲争相逞妍供媚,吟赏不尽,谁能怀清赏之雅兴,忘机之真心,与我同游共赏?

诗写蜀地风烟美景,前六句描写山峦峭壁的苍翠缥碧、鸟声悦耳、山林秀色。后六句借景抒情,写自己的孤寂落寞、仕途失意,又暗自劝慰自己且优游山林,返璞归真。此诗文字颇清新秀丽,一语天然,即景即情,情致悠然。

人日寄杜二拾遗

人日,《荆楚岁时记》:"正月七日为人日。以七种菜为羹,剪彩为人,或镂金箔为人,以贴屏风,亦戴之头鬓。又造华胜以相遗,登高赋诗。"杜二,杜甫。《新唐书·杜甫传》:"至德二年,亡走凤翔,上谒,拜右拾遗。"《旧唐书·职官志·门下省》:"左补阙二员、左拾遗二员……掌供奉讽谏、扈从乘舆。凡发令与事有不便于时、不合于道,大则廷议,小则上封。"高适与杜甫为友人。天宝三载(744),二人与李白曾同游梁宋及东鲁。此诗作于上元二年(761),适时任蜀彭二州刺史,杜甫则寓居草堂。

人日题诗寄草堂,遥怜故人思故乡。
柳条弄色不忍见,梅花满枝空断肠。
身在南蕃无所预,心怀百忧复千虑。
今年人日空相忆,明年人日知何处?
一卧东山三十春,岂知书剑老风尘。
龙钟还忝二千石,愧尔东西南北人。

人日题诗寄草堂,遥怜故人思故乡——草堂:杜甫《堂成》诗:"背郭堂成荫白茅。"草堂位于今成都通惠门外浣花溪边。这两句应题,交代作诗的时间及背景,意思是遥知友人有乡关之思,人日之际作诗以寄。

柳条弄色不忍见,梅花满枝空断肠——梁元帝《折杨柳》:"故人怀故乡。"杜甫流寓蜀中,时思北归,曾于上元元年冬作《和裴迪登蜀州东亭送客逢早梅相忆见寄》诗,中有"幸不折来伤岁暮,若为看去乱乡愁"的诗句,高适或当曾见此诗。这两句接上句"思故乡",写杜甫目睹初春弄色的柳条与开满枝头的梅花,触景伤情,目不忍视。

身在南蕃无所预,心怀百忧复千虑——蕃,通"藩"。《诗经·大雅·崧高》:"四国于蕃。"笺:"四国有难,则往扞御之,为之蕃屏。"南蕃,谓蜀中。预:谓参预朝政。这两句写杜甫内心百虑千忧,心系国事,却流寓南蕃,无预朝政。

今年人日空相忆,明年人日知何处——这两句感叹人生如雪泥鸿爪,彼此今年人日尚可相忆,但明年的人日则难以预料会置身何处。

一卧东山三十春,岂知书剑老风尘——东山:《晋书·谢安传》:"出则渔弋山水,入则言咏属文,无处世意。……及万(谢)黜废,安始有仕进志。时年已四十馀矣。征西大将军桓温请为司马,将发新亭,朝士咸送,中丞高崧戏之曰:'卿累违朝旨,高卧东山,诸人每相与言:安石不肯出,将如苍生何?苍生今亦将如卿何?'"这里高适以谢安比杜甫,称赞杜甫有谢安高卧东山之胸襟与济世之才,但却身世蹉跎,老于风尘。

龙钟还忝二千石,愧尔东西南北人——龙钟:言老惫也。二千石:《汉书》卷二十九:"郡守,秦官,掌治其郡,秩二千石。……景帝中二年,更名太守。"高适此诗作于任蜀彭二州刺史任上,故云。东西南北人:谓身世转蓬,依止无定,凄凄惶惶。《礼记注疏》卷六:"今丘也,东西南北之人也。"仇兆鳌《杜诗详注》卷二十二注杜甫《追酬故高蜀州人日见寄》诗云:"高诗东西南北一语,公衍为四句(遥拱北辰缠寇盗,欲倾东海洗乾坤。边塞西羌最充斥,衣冠南渡多崩奔),以该当时乱离之事。"这两句高适自言虽已老惫,尚忝列刺史之职,相比杜甫志在君国却身世转蓬,甚感愧而难当!

高适与杜甫为诗友,早在天宝三载(744),二人在结识后即与李白一道,同游梁宋与东鲁一带;天宝后期,二人还于长安一同登览慈恩寺塔(参见《同诸公登慈恩寺塔》诗)。比之李白,高适对杜甫的友情更为深厚,二人的诗歌都高度关注社会。正是如此,当杜甫志在君国却依止无定而流寓蜀中时,高适为自己忝列蜀彭二州刺史而深觉有愧。将自己老而忝预国事与杜甫身世落拓相对,最能见出高适与杜甫之间情谊之深厚。

这首诗由杜甫感春怀归之情起笔,而落笔于其落拓失意的身世遭遇,将二者融为一体,着力表现杜甫的家国情怀,感情沉至深厚,情真意恳。《唐贤清雅集》评此诗云:"达夫歌行以骨健胜,最难学,此惟取其平易近人者,然亦恐费手。"所言甚是! 不过,诗人所以"惟取平易近人者",正在于平常的生活内容,就其传达的真实而言,更胜过经过提炼与选择的内容,同时也更能体现高适与杜甫之间深厚的友情。

除夜作

【题解】

除夜:除夕。诗写除夜客居他乡,诗人感怀岁月,思乡难耐。诗具体写作时间已难考,姑系于此。

　　旅馆寒灯独不眠,客心何事转凄然?
　　故乡今夜思千里,霜鬓明朝又一年。

【新解】

旅馆寒灯独不眠,客心何事转凄然? 故乡今夜思千里,霜鬓明朝又一年——客:诗人自谓。凄然:凄恻惆怅。诗写客居旅舍,灯烛冷对,诗人形影相吊,孤寂惆怅,辗转于床,忧思郁结。除夕之夜,当是万家灯火,欢歌笑语,鞭炮声声的团圆日,诗人何故独凄然流荡他乡,作孤蓬飘转,身无栖止? 万里山河,乡关何处? 岁月荏苒,老之将至,鬓上白发、镜里苍颜,更增人孤鸿野鹤、人世苍茫之感。

　　除夕之夜,诗人客居异地,孤光自照,惆怅难眠,思乡怀亲,叹流年催老。全诗重在抒情,情感真挚深厚,回旋往复,语言亦自然流丽,句平意远,不加修饰而有含蓄蕴藉之致。末句属对自然,"流动不羁"(王夫之《姜斋诗话》卷下)。

酬裴员外以诗代书

【题解】

裴员外:裴霸。曾任吏部员外郎,见《唐朗官石柱题名》。书:信,即以诗的形式写信。从内容看,此诗当作于诗人作彭州刺史时。诗叙写自己的生平经历,从年少交游、北游燕赵,到安史之乱受任于危难,后又受谗留守东京及再出任彭州刺史的经过,间叙与裴霸邂逅交往及深厚的交情。

少时方浩荡,遇物犹尘埃,
脱略身外事,交游天下才。
单车入燕赵,独立心悠哉。
宁知戎马间,忽展平生怀。
且欣清论高,岂顾夕阳颓。
题诗碣石馆,纵酒燕王台。
北望沙漠垂,漫天雪皑皑。
临边无策略,览古空徘徊。
乐毅吾所怜,拔齐翻见猜。
荆卿吾所悲,适秦不复回。
然诺多死地,公忠成祸胎。
与君从此辞,每恐流年催。
如何俱老大,始复忘形骸?
兄弟真二陆,声华连八裴。
乙未将星变,贼臣候天灾。
胡骑犯龙山,乘舆经马嵬。
千官无倚着,万姓徒悲哀。
诛吕鬼神动,安刘天地开。
奔波走风尘,倏忽值云雷。
拥旄出淮甸,入幕征楚材。
誓当剪鲸鲵,永以竭驽骀。
小人胡不仁,谗我成死灰。
赖得日月明,照耀无不该。
留司洛阳宫,詹府唯蒿莱。
是时扫氛祲,尚未歼渠魁。
背河列长围,师老将亦乖。
归军剧风火,散卒争锥埋。
一夕瀍洛空,生灵悲暴腮。

衣冠投草莽，予欲驰江淮。
登顿宛叶下，栖遑襄邓隈。
城池何萧条，邑屋更崩摧。
纵横荆棘丛，但见瓦砾堆。
行人无血色，战骨多青苔。
遂除彭门守，因得朝玉阶。
激昂仰鹓鹭，献替欣盐梅。
驱传及远蕃，忧思郁难排。
罢人纷争讼，赋税如山崖。
所思在畿甸，曾是鲁宓侪。
自从拜郎官，列宿焕天街。
那能访逖僻，还复寄琼瑰。
金玉本高价，堘鹿终易谐。
朗咏临清秋，凉风下庭槐。
何意寇盗间，独称名义偕。
辛酸陈侯诔，叹息季鹰杯。
白日屡分手，青春不再来。
卧看中散论，愁忆太常斋。
酬赠徒为尔，长歌还自哈。

新解

少时方浩荡，遇物犹尘埃，脱略身外事，交游天下才——少时：指诗人年轻时客居宋州（今河南商丘南）。浩荡：意气风发。遇物：应接世事。犹尘埃：谓视万物皆下尘，毫不在意。脱略：豪宕不羁。天下才：天下豪杰。四句写自己年少时豪宕不羁，放荡形骸，遇世接物率性任真，无所顾忌。纵酒戏搏，使文弄武，西游长安，遍交天下豪杰。

单车入燕赵，独立心悠哉。宁知戎马间，忽展平生怀——单车：匹马独行。悠哉：忧思貌。哉：句末语助词。宁知：岂知。展：袒露。平生怀：平生的怀抱追求。四句写匹马入燕赵，目睹塞北风物苍凉，荒野萧条，而心潮澎湃。哪里想到伤心失意时，得遇裴霸，促膝交谈，情意相得，得以一展怀抱。

且欣清论高，岂顾夕阳颓。题诗碣石馆，纵酒燕王台——欣：欣慕。清论：清雅不俗的高论。夕阳颓:夕阳落山。碣石馆:即碣石宫。在今北京大兴县附近。《史记·孟子荀卿列传》言邹衍曾游燕,"昭王拥篲先驱,请列弟子之座而受业,筑碣石宫,身亲往师之"。燕王台:即燕昭王为招天下贤士所筑的黄金台,又名燕台,故址在今河北易县东南易水上。四句写与裴霸得邂逅塞北,日日览古胜游,清谈高论,题诗吟赋,纵酒高歌,凭吊古迹,神往风流逸事,叹古代君主求贤若渴、一饭三吐哺、一沐三握发的开襟至诚,慕士为知己者死,甘赴汤蹈火的侠客气胆。

北望沙漠垂,漫天雪皑皑。临边无策略,览古空徘徊——垂:边界,同陲。四句写时驱马伫立荒原,北望沙漠,天地苍茫浑涵,洪荒原始,不毛之地了无生机,但有漫天飞雪如飙风吹落叶铺扬于天地间,浩淼迷离的银装素裹的世界,人亦如一片逐风起舞的雪花缱绻周旋,跌落不知何处。身临边塞却无鸿图远略,只得徘徊古迹,吊古寄怀。

乐毅吾所怜,拔齐翻见猜。荆卿吾所悲,适秦不复回——乐毅:战国魏人,燕昭王筑黄金台,乐毅赴之,遂为上将军,并赵、楚、韩、魏、燕之兵伐称霸的齐国、破之,诸侯兵罢,乐毅独留,率燕军追至齐,过临淄,取齐财宝归燕,后又下齐国七十余城属于燕国。昭王死,惠王立,齐反间于燕,惠王乃使骑劫代将,召乐毅回师,乐毅畏诛,西降赵国。事见《史记·乐毅列传》。此处"拔齐翻见猜"即指此事。翻:反而。见:被。荆卿:即荆轲,燕人谓之荆卿,战国卫人,好读书击剑。秦欲伐燕,燕太子丹欲劫秦王,拜轲为上卿,后出使秦国,刺秦王不中反被害,事见《史记·刺客列传》。适:之,去。不复回:指荆轲身死。四句写遥想燕赵古往今来历史英雄,乐毅挥师伐齐,攻城掠地,战功赫赫,反被谗间,略无容身之地,英雄难为,实在令人浩叹生怜。荆卿慷慨悲歌,义无反顾,为报知遇之恩,磨刀霍霍,秦庭匕现,身遭屠戮,英雄侠胆,虽死亦重如泰山,思及之,只让人心生悲凉。

然诺多死地,公忠成祸胎。与君从此辞,每恐流年催——然诺:古代侠客重然诺,守信用。此句指荆轲。死地:死亡的结局。公忠:忠诚无私。成祸胎:酿成祸患。此句指乐毅。君:指裴霸。流年催:光阴催老。四句写侠士重然诺,有诺必成,慷慨赴义,不顾其身,赴汤蹈火,在所不辞,故多死难之士。然而如乐毅者,赤胆忠心,强燕灭齐,亦反受猜忌,精诚受诬。缅英雄胜事,思世事无常,成王败寇,或龙或犬,诗人与裴霸常为之悲叹抚膺,感怀激荡。与君燕赵一别,但恐流年催老,早生华发,心怀宏谟,无路请缨,唯仗剑击柱,借酒浇愁。

如何俱老大,始复忘形骸?兄弟真二陆,声华连八裴——老大:年龄大。二陆:指西晋吴郡陆机、陆云,兄弟二人皆以文才著称,时称"二陆"。此处以比裴霸与其兄裴腾。李华《三贤论》云："河东裴腾士举,朗迈率直;弟霸士会,峻清不杂。"声华:声望。八裴:指西晋时裴氏一族裴徽、裴楷、裴康、裴绰、裴瓒、裴遐、裴頠、裴邈八人。裴氏家族盛于魏晋之时,号为"八裴",见《晋书》第三十五卷《裴楷传》。四句写诗人与裴霸邂逅定交,相见恨晚。裴霸兄弟皆有高名,德粹才美,瑰姿逸态,才比二陆,望追八裴。

乙未将星变,贼臣候天灾。胡骑犯龙山,乘舆经马嵬。千官无倚着,万姓徒悲哀——乙未:指天宝十四载(755)。将星变:古代天文星占将天象星候的变化与人世治乱联系。将星:指代表大将的星宿。据《隋书·天文志上》:"天将军十二星,在娄北,主武兵……大将星摇,兵起,大将出。"将星变,预示大将谋反。贼臣:指安禄山。候天灾:观望等候天象变化谋反生事。胡骑:指安禄山的部队,因其手下多胡族的士兵,故称。犯:侵犯。龙山:即龙首山,在长安北十里。此处代指长安。乘舆:皇帝所乘的玉辇。马嵬:又称马嵬坡,马嵬驿,在今陕西兴平县西。天宝十五载(756),潼关失陷后,安禄山进逼长安,玄宗西逃,路过马嵬坡。倚着:倚靠。六句写天宝十四载(755),安禄山狼子野心,觊觎皇位,于范阳(今天津蓟县)发动兵变,渔阳鼙鼓动地卷来,山河蒙尘,生灵涂炭。叛军气焰嚣张,铁蹄躐突乎中原大地,驰杀掠地,如狼似虎,直逼京畿,玄宗仓皇逃遁,百官随行,马嵬坡上天子行驾,旌旗不展,剑光虚微,星河黯淡,天地失色。百姓流离失所,百官东奔西逃,盛唐物华天宝,一旦而如山岳崩颓。

诛吕鬼神动,安刘天地开。奔波走风尘,倏忽值云雷——诛吕:汉吕后崩,外戚吕禄、吕产掌权,欲发动兵变,谋夺皇权,太尉周勃与丞相陈平等先发制人,诛诸吕,并迎立代王刘恒(汉文帝),稳定汉之朝纲。事见《史记·吕太后本纪》。此处用以借比安史之乱爆发后,唐朝龙武大将军陈玄礼于马嵬坡诛外戚奸相杨国忠,并逼玄宗赐死皇妃杨玉环事,事见《旧唐书·玄宗纪》。鬼神动:使鬼神惊动,谓诛杨国忠、缢杨玉环,使海内震惊。安刘:谓太尉周勃诛诸吕,安刘氏政权。《高祖本纪》:"周勃重厚少文,然安刘氏者必勃也。"天地开:拨散妖祲,重见天日。奔波句:谓高适自安史之乱爆发后,始协助哥舒翰守潼关,失守后奔赴玄宗行在,后委以重任,独当一面。倏忽:忽然。值云雷:谓遇上当有为之时。《易经·屯卦》:"云雷屯,君子以经纶。"王弼注:"君子经纶之时。"孔颖达疏:"经谓经纬,纶谓纲纶,言君子法此屯象,有为之时,以经纶天下,约束于物。"四句写唐朝大将适时诛杀外戚杨国忠及以媚色乱国的杨贵妃,使海内惊动,将士鼓舞。以为拨散妖氛,重见天日,则靖灭安史胡寇,还李唐王朝正统指日可待。诗人亦以国事为重,助哥舒翰麾旗号令,披坚执锐,驻守潼关。潼关失守后，诗人又只马闯关，历尽艰险，风尘仆仆赶赴玄宗行在。玄宗委以重任，提拔为侍御史，旋又擢为谏议大夫，永王李璘谋反，肃宗又任命高适为淮南节度使，前往讨伐。国家多难，正是勇士振天地之威，挥长剑，荡风云，扫妖氛，靖安社稷，经纶天下之时。

拥旄出淮甸，入幕征楚材。誓当剪鲸鲵，永以竭驽骀——拥：持。旄：旄节。唐节度使皆赐旄节，拥旄即示受命为节度使。旄节：旌幢，上饰以牦牛尾，故又称旄节。淮甸：指诗人受命节制的淮南。甸：郊外，此为泛指。入幕：入节度使幕。征：招募。楚材：楚地兵卒，淮南古属楚地。剪：剪灭。鲸鲵：指鲸鱼。雄性为鲸，雌性为鲵，鲸鱼性凶猛不仁，此处用以比喻永王李璘。竭：尽。驽骀：劣马。四句写诗人持节赴任，入幕中征募楚地英武勇敢的侠士少年，誓当早日靖灭叛军，为国除患。

小人胡不仁，谗我成死灰。赖得日月明，照耀无不该。留司洛阳宫，詹府唯蒿莱——小人：指李辅国。乾元元年（758），内侍"李辅国恶适敢言，短于上前，乃左授太子少詹事"（《旧唐书·高适传》）。胡：为何。谗：恶言中伤。成死灰：无法复燃的灰烬，谓事情不能挽回。日月明：谓圣皇明鉴是非，涤清谗佞。留司句：诗人因之左授太子少詹事，留司东京。詹府：官府名，即太子詹事府。统领东宫（太子）事务。蒿莱：杂草。当时东京洛阳刚收复，河山未整。六句写睢阳被叛军围困，高适曾率军支援，但未及而睢阳已陷落。李辅国嫉恨高适，谗言于君，混淆视听，故适有冤屈却无处申说，幸得圣上聪听，辨正是非，只将诗人降职留守东京，左授太子少詹事，未多加怪罪。当时洛阳初复，疮痍满目，荆榛丛生，一片狼藉萧条之景。

是时扫氛祲，尚未歼渠魁，背河列长围，师老将亦乖——氛祲：妖气。祲，不祥之气，指安史之乱。渠魁：大头目。渠，大。《尚书·胤征》："歼厥渠魁。"此处指安庆绪。乾元二年（759），安庆绪杀其父安禄山自立为帝，据邺城（今河南安阳市东），同时史思明在魏州（今河北大名县东）自称大圣燕王。背河句：指安庆绪据守邺城，唐将郭子仪等合九节度使兵围攻之，筑垒凿堑，壅漳河水灌城，安庆绪始终固守邺城，候史思明搬兵救援。师老句：谓唐军久攻邺城不下，士气低落，人马疲惫不堪，将领亦相忤难谐。后史思明来救，唐军与之决战，死伤相半。"大风忽起，吹沙拔木，天地昼晦，咫尺不相辨，两军大惊，官军溃而北南，贼溃而北……东京士民惊骇，散奔山谷；留守崔圆、河南尹苏震等官吏南奔襄、邓；诸节度各溃归本镇。士卒所过剽掠，吏不能止，旬日方定。"（见《资治通鉴》卷二二一）老：兵马疲惫。乖：不谐。四句写当此时安史之乱已近尾声，安禄山已死，叛军内讧，安庆绪、史思明自立为王，负于一隅。唐军合众兵力六十万围歼安庆绪固守的邺城,列阵漳河,却因粮草无继,人心思退,将士意见不齐,常相乖忤。

归军剧风火,散卒争锥埋。一夕瀍洛空,生灵悲暴腮——归军:谓溃归各节度镇的唐军。剧风火:谓唐军溃逃急如人避飙风大火。散卒:溃散的兵卒。锥埋:盗墓。《史记·酷吏列传》:"锥埋为奸。"《集解》:"徐广曰:锥杀人而埋之。或谓发冢。"此处指溃散的兵卒随地抢掠财物。瀍洛:瀍水、洛水,此处指洛阳地区。空:洗劫一空。生灵:苍生,百姓。暴(pū)腮:失水之鱼,喻指百姓处境困蹇无助。四句写唐军兵溃如山倒,落荒而逃,疾如避火。游兵散勇不知兵纪,四处骚扰百姓,剽掠财物。洛阳地区一夜被洗劫一空,百姓叫苦不迭,艰窘困顿,如失水之鱼。

衣冠投草莽,予欲驰江淮。登顿宛叶下,栖遑襄邓隈——衣冠:指士绅。草莽:草野。予:高适自谓。登顿:上下,谓路途颠沛。宛:地名,今河南南阳。叶:地名,今河南叶县。襄:唐州名,治所在今湖北襄樊市。邓:唐州名,治所在今河南邓县。隈(wēi):边隅,此处指襄邓交界处。四句写兵荒马乱,人各自保,奔走逃溃,士绅达官携家眷卷细软隐没山野草泽,以保微命,诗人也栖栖遑遑奔向江淮,颠沛于宛叶中,流离于襄邓间。

城池何萧条,邑屋更崩摧。纵横荆棘丛,但见瓦砾堆。行人无血色,战骨多青苔——城池:城指城墙,池指护城河,此处指城镇。崩摧:坍塌颓倒。六句写一路极目萧条之景,房屋但剩颓壁残垣,瓦砾横积,狐兔游走,哀鸿遍野,荆莽榛丛,行人憔悴栖惶,黄黲槁面,行乞于路旁,草丛尸骨爬满了绿森森的青苔。

遂除彭门守,因得朝玉阶。激昂仰鹓鹭,献替欣盐梅——除:拜官。彭门守:彭州刺史。守,太守,唐刺史官职阶同汉太守,故云。朝:朝觐。玉阶:皇宫内玉质台阶,此处代指皇帝。仰:仰慕。鹓鹭:二种鸟名,其行止皆有秩序,故常喻指朝班。献替:即献可替否,谏议良策。盐梅:盐味咸,梅味酸,调和之以成大羹。《尚书·说命》:"若作和羹,尔惟盐梅。"喻指宰辅大臣辅佐君王以成美治。此处借比宰相。四句写诗人于乾元二年(759)入朝觐见天子,除官彭州刺史,忝居朝廷命官,常激昂感奋,欣仰济济朝班,献善替否,厚德载物,似股肱之良。亦钦羡宰臣,有谦谦君子风仪。

驱传及远蕃,忧思郁难排。罢人纷争讼,赋税如山崖——驱:驱驾。传:驿车。及:到,至。远蕃:边缘处的藩落。蕃,同藩,封国,此处指蜀地彭州。人:民,避唐太宗李世民讳。如山崖:谓赋税繁重如山压覆。四句写驱车赶赴远在西南边地的彭州,蛮荒野居之处,生民多粗莽无知,诉讼官司日积其门。而官府赋税徭役之重，弊制冗法之多，如山崖般压覆着民生，使无立锥游转之地，诗人亦痛心疾首，一饭难咽。

所思在畿甸，曾是鲁宓侪。自从拜郎官，列宿焕天街——所思：所思念的，指裴霸。畿甸：泛指京城附近地区。鲁宓：春秋时鲁国人宓子贱，孔子弟子，曾任单父宰，仁爱宽缓，鸣琴而治。此处以之比裴霸的吏才。侪（chái）：辈。郎官：指裴霸拜为吏部员外郎。列宿：诸星宿，古常以郎官上应星宿。《后汉书·明帝纪》："馆陶公主为子求郎，不许，而赐钱千万。谓群臣曰：'郎官上应列宿，出宰百里，苟非其人，则民受其殃，是以难之。'"注："《史记》曰：太微宫后二十五星，郎位也。"焕：闪耀，光照。天街：喻皇都。四句写于彭州之偏远地，缅怀旧友裴霸。裴霸曾在京郊做地方官，清正廉明，仁厚德馨，为其州民称颂怀附，声名播扬，后提拔为吏部员外郎，瑰姿逸态，智识高远，百官无不向慕而雁行其后。

那能访遐僻，还复寄琼瑰。金玉本高价，埙篪终易谐——遐僻：偏远之地，指彭州。琼瑰：玉石，喻指华采文章，此处指书信。金玉：喻指裴霸金玉之身。埙篪（xūnchí）：古代两种吹奏乐器，埙为陶土焙制而成，篪为竹管削制而成。两种乐器和谐伴奏，后世常喻指兄弟和睦。此处指裴霸与诗人的交谊笃厚。四句写彭州与长安相距千里，友人羁于官事，无暇造访偏远彭州，故寄诗文以申款款之情。诗人感叹其虽金玉气质，与自己却有埙篪之合、友于之情。山重水复，仍思情悠悠。

朗咏临清秋，凉风下庭槐。何意寇盗间，独称名义偕——朗咏：大声诵读。下：凋零。四句写裴霸的书信溢气流馨，光英朗练，对清秋敬诵，亦使人神清气朗。庭院秋槐飘飘洒洒，随秋风飞舞，亦让人有时光荏苒，流年催老之感。想裴霸能于安史之乱中麾军作战，誓死报国，坚守名节，犹让诗人敬慕叹惋，自愧不如。

辛酸陈侯诔，叹息季鹰杯。白日屡分手，青春不再来——陈侯诔：原诗句下有注："陈二补阙铭诔即裴所为。"陈二补阙：陈兼，曾为右补阙。杜甫有《赠陈二补阙》诗，陈兼卒约在上元二年（761）。陈是高适故友，高适有《宋中遇陈二》诗。诔：古代一种祭文，多述祭主生前生平经历、功业勋德。季鹰杯：季鹰，晋代名士张翰字季鹰。《世说新语·任诞》："张季鹰纵任不拘，时人号为江东步兵（阮籍）。或谓之曰：'卿乃可纵适一时，独不为身后名邪？'答曰：'使我有身后名，不如即时一杯酒。'"此处借张翰典说自己为官受羁，不能纵怀适意。四句写裴君为陈兼作诔，声情并茂，荡气回肠。诗人叹裴君之文清华高韵，悲故友长逝，形神俱泯。于彭州刺史任上，官务羁束，不能纵酒任意，放浪形骸。人生知己难得,又各自浮萍飘转,寄怀无处,相见无期,华发苍颜,老病憔悴,直让人有浮生若梦,今夕何夕之感。

卧看中散论,愁忆太常斋。酬赠徒为尔,长歌还自哈——中散:西晋名士嵇康,字叔夜,曾做过中散大夫,故又称嵇中散。嵇康好老庄之学,贵养性全真,著有《养生论》。太常斋:用东汉周泽故实。《后汉书·周泽传》:"数月复为太常,清洁循行,尽敬宗庙。常卧病斋宫,其妻哀泽老病,规问所苦。泽大怒,以妻干犯斋禁,遂收送诏狱谢罪。当世疑其诡激。时人为之语曰:'生世不谐,作太常妻。一岁三百六十日,三百五十九日斋。'"徒为:为而无用。哈:嗤笑。四句写于彭州闲暇之余,常阅嵇康《养生论》,聊以打发时光,枯燥无味的官事生活,亦不免使诗人惆怅。为答谢裴霸酬诗之厚意,亦寄诗一首,长歌悲叹,莫知所云,聊资笑耳。

【新评】

这是一首赠答诗。规模宏大,堪称长篇巨制,亦是诗人最长的一首诗作。诗人以史诗的笔法记叙自己生平经历、仕宦浮沉,描写了安史之乱中生灵涂炭、山河摧颓、百姓流离失所的悲惨场面,及官军举兵不善、溃败逃脱、侵扰民生的社会广阔现实,诗人将所见所闻,赅备记述,堪称"诗史"。前段写诗人仕前北游燕赵,及与裴霸邂逅并订交的经过,间抒世道黑白颠倒、是非混淆的内心愤慨。中间一段为主要着墨点,诗人以自己的仕宦沉浮为背景:从协助哥舒翰守潼关,受天子赏识,擢为剑南节度使,至受人谗佞,留司洛阳,及再度授任彭州刺史止,深刻地反映了安史之乱及其带给国家的深重灾难。后段写与裴霸书信往来,仰慕其风流又不得相见之愁,及自己做官彭州的孤独寥落之叹。全诗并未因场景的多换、记叙的多角度、事件的多重而混乱芜杂,诗人历历诉来,层层开展。画面的深宏壮观,感情的沉郁充沛、饱满深厚,笔致的流荡沉酣、错落跌宕,使全诗非常有震撼力。

◎附 录

高适年谱简编

则天后武曌长安二年壬寅(702),一岁

是年,高适生(按,高适生年另有700、701、703、704年等说法)。排行三十五,字达夫。祖籍不详。

《旧唐书》本传说他是"渤海蓚人"(今河北景县),乃就其郡望而言,非谓其祖籍也。曾祖佑,唐时官至宕州别驾,祖父侃,为高宗时名将,官左监门卫大将军(正三品),陇右道持节大总管,封平原郡公,食邑二千户。父从文,"位终韶州长史"。高适少时经历,因史料记载很少,难以考证,只知曾客居宋州(今河南商丘南),学书习剑。

唐玄宗李隆基开元九年辛酉(721),二十岁

高适约在此年或稍后西游长安,干谒求仕,未遇。

适有《别韦参军》:"二十解书剑,西游长安城。举头望君门,屈指取公卿。国风冲融迈三五,朝廷礼乐弥寰宇。"据此可知,高适约在此年"西游长安"。

适于长安尝作《行路难二首》。

开元十年壬戌(722),二十一岁

自长安回宋州,以躬耕渔钓为生。

《别韦参军》:"白璧皆言赐近臣,布衣不得干明主。归来洛阳无负郭,东过梁宋非吾土。兔苑为农岁不登,雁池垂钓心长苦。"即写诗人于长安不遇,失意东归,客居梁宋的怅惘之感。

《旧唐书》本传言"适少落魄,不事生业,家贫,客于梁、宋,以求丐取给。"殷璠《河岳英灵集》曾叙适早年"性拓落,不拘小节。……隐迹博徒,才名自远。"也是述此段时期的生活遭遇。

开元十九年辛未(731),三十岁

北游燕赵。过魏州、钜鹿、真定,至蓟门,作《蓟门不遇王之涣郭密之因以留赠》、《蓟门五首》等诗。出卢龙塞,作《塞上》、《塞上听吹笛》等诗,在营州作《营州歌》。游燕赵约二年时间,其间或曾从军,诗人忧患边境战事,关心戍卒不公平待遇,心有驰骋沙场,以身许国志,却无人欣赏。这段时期诗歌多反映这种郁闷不平的心绪。

开元二十一年癸酉(733),三十二岁

自蓟北南归,作《自蓟北归》。途经邯郸,作《邯郸少年行》,感叹世态炎凉。途中并作《效古赠崔二》,发抒世路艰难、怀才不遇的忧伤。诗中并有"穷达自有时,夫子莫下泪",见出诗人虽沉沦下僚,仍有健康积极的心态。

是年冬,北游归来,诗人于淇上隐居躬耕,作《淇上别业》、《送魏八》、《赋得还山吟赠沈四山人》、《苦雨寄房四昆季》等诗,见出诗人向慕田园隐逸生活,倦怠仕途和奔波人生的心情,如《淇上别业》:"依依西山下,别业桑林边。……且向世情远,吾今聊自然。"《淇上酬薛三据兼寄郭少府微》:"不然买山田,一身与耕凿。且欲同鹪鹩,焉能志鸿鹄。"诗人曾沿黄河游览山水、古迹名胜,作《自淇涉黄河途中作十二首》。

开元二十三年乙亥(735)正月,三十四岁

由宋州赴长安应制科考试,高适有《酬秘书弟兼寄幕下诸公》诗,其序曰:"乙亥岁,适征诣长安。"未成。

开元二十四年丙子(736),三十五岁

在长安,与当时名流张旭、颜真卿等游。敦煌高适诗集残卷《奉寄平原颜太守》序曰:"初,颜公任兰台郎,与余有周旋之分,而于词赋特为深知。"殷亮《颜鲁公行状》:"开元二十二年,进士及第,登甲科。二十四年,吏部擢判入高等,授朝散郎、秘书省著作局校书郎。"由此可知,高适与颜真卿,当于是年订交于长安。

开元二十五年丁丑(737),三十六岁

与王之涣、王昌龄于旗亭宴游。梨园伶官已传唱高诗。

薛用弱《集异记》"王之涣"条:"开元中,诗人王昌龄、高适、王之涣齐名。时风尘未偶,而游处略同。一日,天寒微雪。三诗人共诣旗亭,贳酒小饮。忽有梨园伶官十数人,登楼会宴。三诗人因避席隈映,拥炉火以观焉。俄有妙妓四辈,寻续而至,奢华艳曳,都冶颇极。旋则奏乐,皆当时之名部也。昌龄等私相约曰:'我辈各擅诗名,每不自定其甲乙,今者可以密观诸伶所讴,若诗人歌词之多者,则为优矣。'俄而一伶拊节而唱曰:'寒雨连江夜入吴,平明送客楚山孤。洛阳亲友如相问,一片冰心在玉壶。'昌龄则引手画壁曰:'一绝句。'寻又一伶讴之曰:'开箧泪沾臆,见君前日书。夜台何寂寞,犹是子云居。'适则引手画壁曰:'一绝句。'寻又一伶讴曰:'奉帚平明金殿开,强将团扇共徘徊。玉颜不及寒鸦色,犹带昭阳日影来。'昌龄则又引手画壁曰:'二绝句。'之涣自以得名已久,因谓诸人曰:'此辈皆潦倒乐官,所唱皆"巴人"、"下里"之词耳,岂"阳春"、"白雪"之曲俗物敢近哉?'因指诸妓中之最佳者曰:'待此子所唱,如非我诗,吾即终身不敢与子争衡矣。脱是吾诗,子等当须拜床下,奉吾为师。'因笑而俟之。须臾次至双鬟发声,则曰:'黄河远上白云间,一片孤城万仞山。羌笛何须怨杨柳,春风不度玉门关。'之涣即揶揄

二子曰：'田舍奴，我岂妄哉！'因大谐笑。诸伶不喻其故，皆起诣曰：'不知诸郎君何此欢噱？'昌龄等因话其事。诸伶竞拜曰：'俗眼不识神仙，乞降清重，俯就筵席。'三子从之，饮醉竟日。"此事盛传于后世，当有所据。据谭优学先生《王昌龄行年考》(《文学遗产增刊》第十二辑)，王昌龄、高适、王之涣三人开元二十四、五年之际，皆有可能在长安。因系于是年。

开元二十六年戊寅(738)，三十七岁

　　由长安返宋州。适《燕歌行》序曰："开元二十六年，客有从元戎出塞而还者，作《燕歌行》以示适。感征戍之事，因而和焉。"据序可知，此诗当作于长安。

唐玄宗李隆基天宝元年壬午(742)，四十一岁

　　在宋州。二月，改州为郡，刺史为太守。宋州改为睢阳郡。

天宝二年癸未(743)，四十二岁

　　在睢阳，作《同李司仓早春宴睢阳东亭》。

天宝三载甲申(744)，四十三岁

　　正月，改年为载。

　　夏，与李白、杜甫相会于单父，并同游梁宋。作《同群公秋登琴台》、《古大梁行》等诗。至汴州，登吹台。《新唐书·杜甫传》："尝从白及高适过汴州，酒酣登吹台，慷慨怀古，人莫测也。"此时三人皆不遇，携手同游，抚今追古，结下深厚的友谊。

　　秋末，仍归睢阳。

天宝四载乙酉(745)，四十四岁

　　秋，离梁宋东征，至东平郡，作《东平路中遇大水》、《送前卫县李寀少府》等诗。赴汶阳，过鲁郡曲阜等地，作《秋胡行》、《送蔡少府赴登州推事》等诗。

天宝五载丙戌(746)，四十五岁

　　赴济南郡历城县，与北海太守李邕相会。诗人与李邕为旧交，时李邕已迁至北海太守，正在齐州与其从孙李之芳相聚，忆及故人，驰书汶阳，邀高适至济南聚首。高适赴约，次于平阴(属东平郡)，作《奉酬北海李太守丈人夏日平阴亭》，又同李邕至北海郡，并泛游湖海，作《同群公出猎海上》等诗。

　　诗人于长期隐居的生活中，广结名流，漫游山川名胜，大大拓宽了视野，隐逸是无可奈何，寻找可助援引的机会，则是诗人潜意识中的情结。此次赴李邕之约，盖有诗人的某种希冀。如其《奉酬北海李太守丈人夏日平阴亭》所言："一生徒羡鱼，四十犹聚萤。从此日闲放，焉能怀拾青。"据此可知。

天宝六载丁亥(747)，四十六岁

　　春，在东平，旋归睢阳，继续隐居，过着耕钓生活，贫困窘迫，憔悴泽畔，常感叹流年催老，时不我待。如《平台夜遇李景参有别》："家贫羡尔有微禄，欲往从之何所之?"《秋日作》:"闭门生白发,回首忆青春。岁月不相待,交游随众人。"

天宝八载己丑(749),四十八岁

睢阳太守张九皋识高适才华,进献其诗集于唐玄宗,并荐举他参加朝廷制举有道科考试,高适知交颜真卿亦予以援引,为其诗集作序褒扬之,并"遍呈当代群英"。高适于本年六月赴京,中有道科之举,授陈留郡(汴州)封丘县尉。县尉仅从九品上,诗人自视甚高,不免有些心灰意冷,但为生活所迫,不得不于秋天赴封丘之任。诗人李颀曾作《赠别高三十五》诗送行:"小县情未惬,折腰君莫辞。吾观圣人意,不久召京师。"可见出诗人此时落寞心情。

作《初至封丘作》、《封丘作》、《封丘县》,表达诗人趋奉官长、鞭挞黎民的内心痛苦,并产生弃职归隐的念头。

天宝十载辛卯(751),五十岁

诗人奉命自封丘送新兵至清夷军。途中作《送兵到蓟北》。途经居庸关作《使青夷军入居庸三首》,对边塞状况表示不满,也对仕途沉浮产生厌倦。冬至清夷军。

天宝十一载壬辰(752),五十一岁

春,返归。途中遇侯少府,作《答侯少府》、《蓟中作》,又坚定了辞官归隐之志。抵封丘,旋即辞官。

同年秋,诗人再次西游长安,交接名流,并与杜甫、岑参、储光羲、薛据诸公同登慈恩寺、游曲江,并赋诗唱和。高适有《同诸公登慈恩寺浮图》、《同薛司直诸公秋霁曲江俯见南山作》、《同李九士曹观壁画云作》等诗。

天宝十二载癸巳(753),五十二岁

仍在长安,《有李云南征蛮诗》。同年受哥舒翰幕府判官田梁丘的荐举,至哥舒翰陇右节度镇作左骁卫兵曹,充掌书记,颇受哥舒翰的赏识。此举成为高适人生的转折点,五十岁后的官运亨通,从此而始。在赴陇右途中,作《登垅》、《金城北楼》等诗。

天宝十三载甲午(754),五十三岁

在陇右哥舒翰幕府中。《武威作二首》、《自武威赴临洮谒大夫不及因书即事寄河西陇右幕下诸公》、《塞下曲》、《送浑将军出塞》、《同吕员外酬田著作幕门军西宿盘山秋夜作》、《部落曲》、《塞上听吹笛》、《陪窦侍御灵云南亭宴诗》等诗,反映军帐、战事等,及诗人与同僚的应酬交往,并有谀美哥舒翰之意。

天宝十四载乙未(755),五十四岁

在哥舒翰幕府中。十一月,安史之乱爆发。十二月,玄宗命病重的哥舒翰出任兵马副元帅,适也被任命为左拾遗,转监察御史,佐哥舒翰守潼关。

天宝十五载(唐肃宗李亨至德元载丙申)(756),五十五岁

六月,潼关失守,高适赴长安上策谏玄宗"竭库藏招募以御贼",玄宗不听。并陈潼关失守原因,玄宗提拔高适为侍御史。

同年七月,肃宗于灵武即位。玄宗命诸王分镇,高适切谏以为不可,不听。适从玄宗至蜀郡(成都),拜适为谏议大夫。适"负气敢言",颇为尽职。

十一月,永王璘于江陵反,肃宗召适商量对策,高适断言永王必败。

十二月,肃宗拜高适为淮南节度使、扬州大都督府长史,与江东节度使韦陟、淮南西道节度使来瑱共讨永王璘。作《酬河南节度使贺兰大夫见赠之作》。

至德二载丁酉(757),五十六岁

镇守淮南。

二月,永王璘败死。

十月,适参加由张镐指挥的救睢阳之战,可惜迟了一步,睢阳已先于三日前陷落。

唐肃宗李亨乾元元年戊戌(758),五十七岁

镇守淮南。

五月,受宠臣、内侍李辅国之恶言,左授太子少詹事,留司洛阳。

乾元二年己亥(759),五十八岁

三月,遇九节度使兵溃,随洛阳官民,南逃襄、邓。

五月,入朝见肃宗,拜为彭州刺史。赴任途中作《赴彭州山行之作》。

秋,在彭州作《酬裴员外以诗代书》,为高适诗集中最长的诗篇。

唐肃宗李亨上元二年辛丑(761),六十岁

转为蜀州刺史,"政存宽简,吏民便之"。作《人日寄杜二拾遗》,表达对故友杜甫的深切思念之情。

唐代宗李豫广德元年癸卯(763),六十二岁

迁剑南节度使兼成都尹。

十二月,吐蕃攻陷剑南松、维、保三州,年迈的高适不能救。

广德二年甲辰(764),六十三岁

高适还京,任刑部侍郎,转散骑常侍。

唐代宗李豫永泰元年乙巳(765),六十四岁

正月,高适卒。

高适著作主要版本

1.《高常侍集》十卷

《四库全书》收明汲古阁影印宋抄本,诗8卷,文2卷。

2.《高常侍集》八卷

《四部丛刊》影印明活字本。

3.《高适诗集》残卷

敦煌集本收。

4.《唐诗选》残卷

敦煌选本。

5.《高常侍集》十卷

清初影印宋抄本。

6.《高常侍集》十卷

明代仿宋刻本。

7.《高常侍集》二卷

明嘉靖刻本。

8.《高常侍集》二卷

明许自昌刻本。

9.《全唐诗》四卷

10.《高适诗集编年笺注》

刘开扬著,中华书局1982年版。

11.《高适集校注》

孙钦善著,上海古籍出版社1984年版。

高适研究主要著作

1.《诗人高适生平系诗》

王达津著,收于《唐诗丛考》,上海古籍出版社1998年版。

2.《高适系年考证》

彭兰著,收于《文史》第三辑。

3.《高适年谱》

周勋初著,上海古籍出版社1980年版。

4.《高适年谱中的几个问题》

傅璇琮著,收于《唐代诗人丛考》,中华书局1980年版。

5.《高适诗集编年笺注》

刘开扬著,中华书局1982年版。

6.《高适集校注》

孙钦善著,上海古籍出版社1984年版。

7.《高适传论》
左云霖著,人民文学出版社 1985 年版。
8.《高适研究》
佘正松著,巴蜀书社 1992 年 8 月版。

《高适集》名言警句

△ 长安少年不少钱,能骑骏马鸣金鞭。(《行路难二首》其二)(第 001 页)
△ 丈夫不作儿女别,临歧涕泪沾衣巾。(《别韦参军》)(第 003 页)
△ 落日鸿雁度,寒城砧杵愁。(《宋中五首》其五)(第 005 页)
△ 穷达自有时,夫子莫下泪。(《效古赠崔二》)(第 019 页)
△ 云山行处合,风雨兴中秋。此路无知己,明珠莫暗投。(《送魏八》)(第 029 页)
△ 青枫江上秋天远,白帝城边古木疏。(《送李少府贬峡中王少府贬长沙》)(第 030 页)
△ 柳色惊心事,春风厌索居。方知一杯酒,犹胜百家书。(《闲居》)(第 033 页)
△ 男儿本自重横行,天子非常赐颜色。(《燕歌行》)(第 037 页)
△ 战士军前半死生,美人帐下犹歌舞。(《燕歌行》)(第 037 页)
△ 少妇城南欲断肠,征人蓟北空回首。(《燕歌行》)(第 037 页)
△ 杀气三时作阵云,寒声一夜传刁斗。相看白刃血纷纷,死节从来岂顾勋?(《燕歌行》)(第 037 页)
△ 莺燕知二月,池台称百花。(《同李司仓早春宴睢阳东亭》)(第 041 页)
△ 如何咫尺仍有情,况复迢迢千里外。(《秋胡行》)(第 050 页)
△ 莫愁前路无知己,天下谁人不识君。(《别董大二首》)(第 058 页)
△ 我本渔樵孟诸野,一生自是悠悠者。乍可狂歌草泽中,宁堪作吏风尘下?(《封丘县》)(第 063 页)
△ 拜迎官长心欲碎,鞭挞黎庶令人悲。(《封丘县》)(第 063 页)
△ 溪冷泉声苦,山空木叶干。(《使青夷军入居庸三首》其一)(第 065 页)
△ 性灵出万象,风骨超常伦。(《答侯少府》)(第 070 页)
△ 秋风昨夜至,秦塞多清旷。千里何苍苍,五陵郁相望。(《同诸公登慈恩寺塔》)(第 074 页)
△ 浅才登一命,孤剑通万里。(《登垅》)(第 080 页)
△ 大笑向文士,一经何足穷。(《塞下曲》)(第 092 页)
△ 龙钟还忝二千石,愧尔东西南北人。(《人日寄杜二拾遗》)(第 107 页)
△ 故乡今夜思千里,霜鬓明朝又一年。(《除夜作》)(第 109 页)

图书在版编目（CIP）数据

高适集／（唐）高适著；阮堂明解评．—2版．
—太原：三晋出版社，2008.6（2012.1重印）
（中国家庭基本藏书·名家选集卷）
ISBN 978-7-80598-936-5

Ⅰ．高… Ⅱ．①高…②阮… Ⅲ．唐诗—选集
Ⅳ．I 222.742

中国版本图书馆 CIP 数据核字（2008）第 090989 号

高适集

著　　者：	（唐）高适	解评者：	阮堂明
责任编辑：	朱慧峰	审订者：	朱慧峰
封面设计：	敬人工作室	版式设计：	敬人工作室
责任校对：	朱慧峰	责任印制：	李佳音

出版发行：山西出版传媒集团·三晋出版社（原山西古籍出版社）
地　　址：太原市建设南路21号
电　　话：（0351）4956036（咨询）　　4922268（邮购）
传　　真：（0351）4922102
网　　址：http：//sjs.sxpmg.com
邮　　编：030012
E-mail：sj@sxpmg.com

印刷装订：山西出版传媒集团·山西新华印业有限公司
（本书如有破损、缺页、装订错误，请与承印厂联系调换　0351-4120948）

开　　本：787mm×960mm　　1/16
字　　数：160千字
印　　张：9
版　　次：2008年10月第2版
印　　次：2012年1月第2次印刷
书　　号：ISBN 978-7-80598-936-5
定　　价：15.00元

版权所有，翻印必究。本书图文未经书面授权，不得以任何方式转载或公开发表。